D0661321

# Mario Vargas Llosa

# Los cachorros
# Les chiots

*Traduit de l'espagnol,*
*préfacé et annoté*
*par Albert Bensoussan*

Gallimard

La traduction française a été revue pour la présentation
de cette édition bilingue par Albert Bensoussan.

# PRÉFACE

*Cette courte fiction de six brefs chapitres, si elle n'a pas l'ampleur des deux titres précédents et premiers,* La Ville et les chiens *(1963) et* La Maison verte *(1966), et moins encore du vaste texte qui lui succède chronologiquement,* Conversation à « La Cathédrale » *(1969), reste néanmoins, avec d'autres moyens stylistiques, une œuvre pareillement totalisante, un authentique roman, et aussi un jalon nécessaire dans l'imposante production de l'écrivain péruvien Mario Vargas Llosa qui nous a donné à ce jour pas moins de douze romans, trois pièces de théâtre, des nouvelles et de nombreux essais.*

*Composé de 1965 à 1966, en quelque un an et demi, le récit intitulé* Los Cachorros / Les Chiots *s'inscrit dans l'évidente filiation de* La Ville et les chiens. *Nous retrouvons là, en effet, la géographie précise, voire minutieuse, de Lima où s'ébattent, plus jeunes, ces mêmes personnages, et ce quartier de moyenne bourgeoisie qu'est Miraflores où se situe la totalité de l'action. Miraflores est, en effet, le lieu d'où est issu le protagoniste principal du premier roman, et porte-parole de l'auteur, Alberto le Poète. Mario Vargas Llosa n'est pourtant pas originaire de Lima, mais d'Arequipa où il est né, en 1936, dans le Sud péruvien. Il a passé sa petite enfance en Bolivie, puis à Piura, à la frontière équatorienne, où il situera l'action* du deuxième roman, ainsi que de Qui a tué Palomino Molero? et de sa pièce La Chunga. *Venu vivre à Lima à l'âge de onze ans, il a habité un autre quartier de moyenne bourgeoisie, Breña, avant d'entrer comme interne au collège militaire Leoncio Prado (de 1950 à 1952) où il fera un dur apprentissage de la vie qui lui inspirera son premier roman. Il s'agit, donc, d'une transposition et d'une composition née, en réalité, d'un fait divers — l'histoire d'un jeune garçon mordu et émasculé par un chien — dont il fait ici une métaphore, selon un procédé qu'il appliquera dans maintes œuvres à venir, voire une parabole.*

Les Chiots *représente, donc, un monde innocent où la violence n'existe encore qu'à l'état latent. Mais elle est présente, sinon dans les jeux des adolescents et leurs exploits sportifs, dans le miroir de la vie et cet « accident » initial qui débouchera forcément sur un « accident » final qui mettra fin à l'existence du protagoniste. Entre les deux moments, et en parfaite circularité de récit, le romancier bâtit une fable de portée générale sur la société péruvienne : celle de l'impossible intégration d'un individu qui ne répond pas à la norme initiale imposée par un milieu fortement marqué par la primauté de la virilité — ce qu'on a dénommé en français par l'hispanisme « machisme ».*

*C'est, en effet, l'histoire d'un échec — d'un naufrage — humain dont nous parle ici Vargas Llosa. A vrai dire, il s'agit là d'un thème récurrent qui peut se dégager aisément de tous ses romans, des plus sérieux — le désastre de la rébellion de Canudos dans* La Guerre de la fin du monde, *le lamentable fiasco de l'utopie néo-trotskyste dans* Histoire de Mayta, *l'impossibilité pour le lieutenant Gamboa de rétablir la justice et la vérité au sein de l'armée dans* La Ville et les chiens, *thème repris dans* Palomino Molero — *aux plus drôles — du cuisant scandale du capitaine Pantoja entraîné, par excès de zèle*

6

militaire, dans la spirale de la prostitution qu'il doit planifier dans Pantaleón et les Visiteuses, à l'irrésistible drôlerie du feuilletoniste Pedro Camacho, tellement pris dans le flot de ses multiples histoires qu'il finit par les confondre toutes et par plonger dans l'aphasie, dans La Tante Julia et le scribouillard. Ici, avec Les Chiots, l'auteur entend, plus gravement, démonter les rouages implacables de la société péruvienne fondée sur le mythe de la virilité et de la réussite sociale à travers l'histoire emblématique d'un personnage qui, parce que atteint précisément dans sa virilité, va se trouver d'abord marginalisé — Cuéllar est son nom, mais on ne le nomme bientôt que du seul surnom infamant de « Petit-Zizi » —, puis broyé et éliminé par cette société. Or s'il est vrai que tant que dure le temps de l'adolescence — paradis relativement vert — où Cuéllar, malgré son surnom qui le fait tant souffrir au début, est étroitement entouré par ses camarades de collège, dès lors que la puberté amorce le tournant décisif qui jette les chiots dans la course à l'affirmation virile de leur personnalité jusqu'à en faire, pour reprendre la lumineuse expression de Nizan, les « chiens de garde de la bourgeoisie », notre protagoniste se retrouve sur la touche, dans la marge, fréquentant les lieux mal famés et les mauvais garçons, plongeant même dans l'homosexualité qui devient, du même coup, pour lui, le seul territoire possible de son affectivité ; et aux yeux de ses anciens camarades qui s'installent confortablement dans cette vie taillée sur mesure pour leurs ambitions, Cuéllar n'a plus la moindre excuse et sa mort même apparaît comme la conséquence logique de ses errements : « C'est un fait qu'il l'a bien cherchée », concluent-ils avec une cruelle désinvolture, tournant la page — la dernière page de ce récit dramatique —, parfaitement cyniques (au sens étymologique, précisément). Alors, métaphore de l'impossible intégration sociale ? Assurément, et aussi récit exemplaire de l'apprentissage détestable qui conduit ces jeunes chiots issus de la petite bourgeoisie à rejoindre, à l'âge adulte, la grande meute des bien-pensants. C'est, en définitive, d'une œuvre lucide, celle d'un Péruvien attaché — acharné — à juger impitoyablement les siens et la classe dont il est issu, qu'il s'agit, et mieux encore, d'une entreprise littéraire de subversion.

L'originalité stylistique des Chiots tient à l'invention par l'auteur d'une voix plurielle, avec une audace dans l'innovation dont on ne connaît guère de précédents. Certes, auparavant, une Virginia Woolf, dans Les Vagues, avait tenté de faire coïncider six monologues pour composer un narrateur multiple. Mais ici l'audace est sans pareille, et seule la brièveté du roman la rend, d'ailleurs, supportable : le procédé majeur qu'utilise Vargas Llosa consiste à mêler le « nous » et le « il » dans la même phrase, et à plusieurs reprises, en une sorte de gymnastique qui fait alterner presque simultanément objectivité et subjectivité. Ainsi le narrateur est-il tout à la fois à l'intérieur et à l'extérieur du temps de l'histoire, conjointement dedans et dehors, au point que l'auteur — Mario Vargas Llosa, certes — saute hardiment les années qui séparent le temps du témoignage du moment de l'action. Pour compliquer les choses — mais c'est une vertu de ce récit en quelque sorte expérimental — il fait, avec autant d'habileté que de systématisme, alterner le discours direct et indirect, mêlant ainsi confusément — mais il s'agit bien d'une confusion voulue, à l'image de la vie frémissante, bruissante, excessive et proliférante de la ville de Lima inlassablement traversée par la troupe haletante des « chiots » — dialogue et récit, monologue et commentaire, en une sorte de discours unique et totalisant qui finalement dérange et perturbe toutes les catégories mises au jour, par exemple, par Gérard Genette en ses Figures.

Et pourtant, malgré le dramatisme — mais il est justement tenu à distance par le discours haché et atomisé inventé par l'auteur —, malgré la difficulté qu'on peut trouver à cette *lecture qui requiert du lecteur un minimum — voire un maximum — d'attention,* Les Chiots *reste d'une approche plaisante, probablement par l'abondance des expressions populaires ou typiquement liméniennes et un certain langage enfantin qui va parfois jusqu'à l'onomatopée expressive. Rien d'apprêté ou de guindé dans ce qu'on pourrait prendre pour un exercice de style. Nous avons là un grand texte littéraire qui, comme tous ceux de Vargas Llosa, se lit avec une relative facilité et qui, peut-être même à cause de sa complexité stylistique et narrative, procure au lecteur attentif le rare bonheur de l'authentique plaisir du texte.*

Albert Bensoussan

# Los cachorros

# Les chiots

*A la memoria*
*de Sebastián Salazar Bondy*

# I

Todavía llevaban pantalón corto ese año, aún no fumábamos, entre todos los deportes preferían el fútbol y estábamos aprendiendo a correr olas[1], a zambullirnos desde el segundo trampolín del *Terrazas*[2], y eran traviesos, lampiños, curiosos, muy ágiles, voraces. Ese año, cuando Cuéllar entró al Colegio Champagnat.

Hermano Leoncio, ¿cierto que viene uno nuevo?, ¿para el « Tercero A », Hermano? Sí, el Hermano Leoncio apartaba de un manotón el moño que le cubría la cara, ahora a callar.

Apareció una mañana, a la hora de la formación, de la mano de su papá, y el Hermano Lucio lo puso a la cabeza de la fila porque era más chiquito todavía que Rojas, y en la clase el Hermano Leoncio lo sentó atrás, con nosotros, en esa carpeta vacía, jovencito. ¿Cómo se llamaba? Cuéllar, ¿y tú? Choto, ¿y tú? Chingolo, ¿y tú? Mañuco, ¿y tú? Lalo.

1. Sport typiquement liménien — sorte de surf sans planche — dont on verra plus loin la description. Nous avons volontairement gardé à cette expression son étrangeté.
2. Club de sports de Lima.

I

Ils portaient encore culotte courte cette année, nous ne fumions pas encore, de tous les sports ils préféraient le football, nous apprenions à courir les vagues, à plonger du second tremplin du *Terrazas*, et ils étaient turbulents, imberbes, curieux, intrépides, voraces. Cette année où Cuéllar entra au collège Champagnat.

Frère Leoncio, c'est vrai qu'il y a un nouveau ? en « septième A », Frère ? Oui, Frère Leoncio écartait d'un coup de patte la crinière qui couvrait son visage, et maintenant silence.

Il arriva un matin, quand on se mettait en rangs, donnant la main à son papa, et Frère Lucio le plaça devant car il était encore plus petit que Rojas, et en classe Frère Leoncio le fit asseoir derrière, avec nous, à ce pupitre vide, jeune homme. Comment s'appelait-il ? Cuéllar, et toi ? Fufu, et toi ? Ouistiti, et toi ? Marlou, et toi ? Lalo.

13

¿ Miraflorino[1] ? Sí, desde el mes pasado, antes vivía en San Antonio y ahora en Mariscal Castilla, cerca del Cine Colina.

Era chanconcito (pero no sobón) : la primera semana salió quinto y la siguiente tercero y después siempre primero hasta el accidente, ahí comenzó a flojear y a sacarse malas notas. Los catorce Incas, Cuéllar, decía el Hermano Leoncio, y él se los recitaba sin respirar, los Mandamientos, las tres estrofas del Himno Marista[2], la poesía *Mi bandera* de López Albújar[3] : sin respirar. Qué trome, Cuéllar, le decía Lalo y el Hermano muy buena memoria, jovencito, y a nosotros ¡ aprendan, bellacos ! El se lustraba las uñas en la solapa del saco y miraba a toda la clase por encima del hombro, sobrándose (de a mentiras, en el fondo no era sobrado, sólo un poco loquibambio y juguetón. Y, además, buen compañero. Nos soplaba en los exámenes y en los recreos nos convidaba chupetes, ricacho, tofis, suertudo, le decía Choto, te dan más propina que a nosotros cuatro, y él por las buenas notas que se sacaba, y nosotros menos mal que eres buena gente, chanconcito, eso lo salvaba).

Las clases de la Primaria terminaban a las cuatro, a las cuatro y diez el Hermano Lucio hacía romper filas y a las cuatro y cuarto ellos estaban en la cancha de fútbol. Tiraban los maletines al pasto, los sacos, las corbatas, rápido Chingolo rápido, ponte en el arco antes que lo pesquen otros,

---

1. Du quartier de Miraflores, où vit la petite bourgeoisie de Lima.
2. De la congrégation religieuse de la Société de Marie.
3. Enrique López Albújar, écrivain péruvien de la fin du XIX<sup>e</sup> siècle, représentant du réalisme indigéniste.

De Miraflores ? Oui, depuis le mois passé, avant j'habitais à San Antonio et maintenant rue Mariscal Castilla, près du cinéma Colina.

C'était un petit bûcheur (mais pas lèche-bottes) : la première semaine il fut cinquième, la seconde troisième et ensuite toujours premier jusqu'à son accident où il se mit à baisser et à récolter de mauvaises notes. Les quatorze Incas, Cuéllar, disait Frère Leoncio, et il te les récitait d'un trait, les Dix Commandements, les trois strophes de l'Hymne mariste, le poème *Mon étendard* de López Albújar : d'un trait. Quel fortiche, Cuéllar, lui disait Lalo et le Frère excellente mémoire, jeune homme, et à nous prenez de la graine, bandits ! Il se lustrait les ongles sur le revers de son veston et toisait toute la classe par-dessus l'épaule, en se gonflant (pour de rire, au fond il n'était pas fier, seulement un peu bêcheur et farceur. Et bon camarade, avec ça. Il nous soufflait aux compositions et à la récréation il nous payait des sucettes, plein de sous, des caramels, verni, lui disait Fufu, tu reçois plus d'argent de poche que nous quatre, et lui c'est à cause des bonnes notes, et nous heureusement que tu es un bon gars, petit bûcheur, c'est ce qui le sauvait).

Les classes du cours primaire finissaient à quatre heures, à quatre heures dix Frère Lucio faisait rompre les rangs et à quatre heures et quart ils étaient tous sur le terrain de foot. Ils jetaient leur cartable dans l'herbe, la veste, la cravate, allez Ouistiti allez, mets-toi dans les buts avant que les autres ne s'y collent,

y en su jaula Judas se volvía loco, guau, paraba el rabo, guau guau, les mostraba los colmillos, guau guau guau, tiraba saltos mortales, guau guau guau guau, sacudía los alambres. Pucha diablo si se escapa un día, decía Chingolo, y Mañuco si se escapa hay que quedarse quietos, los daneses sólo mordían cuando olían que les tienes miedo, ¿quién te lo dijo?, mi viejo, y Choto yo me treparía al arco, ahí no lo alcanzaría, y Cuéllar sacaba su puñalito y chas chas lo soñaba, deslonjaba y enterrabaaaaaauuuu, mirando al cielo, uuuuuuaaauuuu, las dos manos en la boca, auauauauauuuuu : ¿qué tal gritaba Tarzán? Jugaban apenas hasta las cinco pues a esa hora salía la Media y a nosotros los grandes nos corrían de la cancha a las buenas o a las malas. Las lenguas afuera, sacudiéndonos y sudando recogíamos libros, sacos y corbatas y salíamos a la calle. Bajaban por la Diagonal haciendo pases de basquet con los maletines, chápate ésta papacito, cruzábamos el Parque a la altura de *Las Delicias*[1], ¡la chapé! ¿viste, mamacita?, y en la bodeguita de la esquina de *D'Onofrio*[2] comprábamos barquillos ¿de vainilla?, ¿mixtos?, echa un poco más, cholo, no estafes, un poquito de limón, tacaño, una yapita de fresa. Y después seguían bajando por la Diagonal, el *Violín Gitano*[3], sin hablar, la calle Porta, absortos en los helados, un semáforo, shhp chupando shhhp y saltando hasta el edificio San Nicolás y ahí Cuéllar se despedía, hombre, no te vayas todavía, vamos al *Terrazas*, le pedirían la pelota al Chino,

1. Pâtisserie dans le parc Miraflores.
2. Glacier très célèbre à Lima.
3. Ancien café de l'avenue Benavides, dite la Diagonale.

et dans sa cage Judas devenait fou, ouah, dressait la queue, ouah ouah, leur montrait les crocs, ouah ouah ouah, faisait des sauts périlleux, ouah ouah ouah ouah, secouait son grillage. Fan de pute s'il s'échappe un jour, disait Ouistiti, et Marlou s'il s'échappe faut rester tranquilles, les danois ils mordent seulement quand ils sentent que tu as peur, qui te l'a dit? mon vieux, et Fufu moi je grimperais sur les buts, là il ne l'atteindrait pas, et Cuéllar tirait son petit poignard et chlass chlass il lui en faisait voir, il l'écorchait, et l'enterraaaaaouououou, les yeux au ciel, ouahouahouah-houah, la main sur la bouche, ouahouhouahouhahoua-hou : comment criait Tarzan? Ils jouaient jusqu'à cinq heures à peine car le secondaire sortait alors et les grands nous chassaient du terrain de gré ou de force. La langue pendante, couverts de poussière et suant ils reprenaient livres, vestes et cravates, et nous sortions dans la rue. Ils descendaient par la Diagonale en faisant des passes avec les cartables, bloque ça pépère, nous traversions le Parc à hauteur de *Las Delicias,* j'ai bloqué! t'as vu, mémère? et chez *D'Onofrio* à l'angle de la rue nous achetions des cornets à la vanille? panachés? mets-en un peu plus, l'ami, ne triche pas, un petit peu de citron, radin, avec un chouia de fraise. Et ils continuaient à descendre la Diagonale, le *Violín Gitano,* sans parler, la rue Porta, absorbés par leur glace, un feu rouge, flap suçant flap et débouchant sur l'immeuble de San Nicolás où Cuéllar les quittait, allons, ne pars pas tout de suite, viens au *Terrazas,* ils demanderaient la balle au Chinois,

¿ no quería jugar por la selección de la clase ?, hermano, para eso había que entrenarse un poco, ven vamos anda, sólo hasta las seis, un partido de fulbito en el *Terrazas*, Cuéllar. No podía, su papá no lo dejaba, tenía que hacer las tareas. Los acompañaban hasta su casa, ¿ cómo iba a entrar al equipo de la clase si no se entrenaba ?, y por fin acabábamos yéndonos al *Terrazas* solos. Buena gente pero muy chancón, decía Choto, por los estudios descuida el deporte, y Lalo no era culpa suya, su viejo debía ser un fregado, y Chingolo claro, él se moría por venir con ellos y Mañuco iba a estar bien difícil que entrara al equipo, no tenía físico, ni patada, ni resistencia, se cansaba ahí mismo, ni nada. Pero cabecea bien, decía Choto, y además era hincha nuestro, había que meterlo como sea decía Lalo, y Chingolo para que esté con nosotros y Mañuco sí, lo meteríamos, ¡ aunque iba a estar más difícil !

Pero Cuéllar, que era terco y se moría por jugar en el equipo, se entrenó tanto en el verano que al año siguiente se ganó el puesto de interior izquierdo en la selección de la clase : mens sana in corpore sano, decía el Hermano Agustín, ¿ ya veíamos ?, se puede ser buen deportista y aplicado en los estudios, que siguiéramos su ejemplo. ¿ Cómo has hecho ?, le decía Lalo, ¿ de dónde esa cintura, esos pases, esa codicia de pelota, esos tiros al ángulo ? Y él : lo había entrenado su primo el Chispas y su padre lo llevaba al Estadio todos los domingos y ahí, viendo a los craks, les aprendía los trucos ¿ captábamos ? Se había pasado los tres meses sin ir a las matinés ni a las playas,

ne désirait-il pas faire partie de l'équipe de la classe ? allez vieux, pour ça il fallait s'entraîner un peu, allons radine-toi, seulement jusqu'à six heures, une partie de mini-foot au *Terrazas,* Cuéllar. Il ne pouvait pas, son papa ne lui permettait pas, il avait ses devoirs à faire. Ils l'accompagnaient jusque chez lui, comment allait-il entrer dans l'équipe de la classe s'il ne s'entraînait pas ? nous finissions par aller tout seuls au *Terrazas.* Un bon gars mais trop bûcheur, disait Fufu, pour ses études il néglige le sport, et Lalo c'était pas sa faute, son vieux devait être emmerdeur, et Ouistiti sûr, il mourait d'envie de venir avec eux et Marlou ça sera dur de le faire entrer dans l'équipe, il n'avait ni le physique, ni la guibolle, ni la résistance, il se fatiguait tout de suite, ni rien. Mais il a un bon coup de tête, disait Fufu, et puis c'était notre supporter, il fallait le mettre à tout prix, disait Lalo, et Ouistiti pour qu'il soit avec nous et Marlou oui, nous allions le mettre, mais qu'est-ce que ç'allait être dur !

Or Cuéllar, qui était têtu et mourait d'envie de jouer dans l'équipe, s'entraîna tout l'été au point que l'année suivante il obtint le poste d'inter gauche dans la sélection de la classe : *mens sana in corpore sano,* disait Frère Agustín, qu'est-ce qu'il nous disait ? on peut être bon sportif et bien travailler en classe, fallait suivre son exemple. Comment tu as fait ? lui demandait Lalo, d'où sors-tu ce dribble, ces passes, cette ardeur au ballon, ces shoots en corner ? Et lui : son cousin Paquet-de-nerfs l'avait entraîné et son père l'emmenait au stade tous les dimanches et c'est là en voyant les cracks qu'il avait appris leurs trucs, nous saisissions ? Il avait passé ses trois mois sans aller au cinoche ni à la plage,

sólo viendo y jugando fútbol mañana y tarde, toquen esas pantorrillas, ¿ no se habían puesto duras ? Sí, ha mejorado mucho, le decía Choto al Hermano Lucio, de veras, y Lalo es un delantero ágil y trabajador, y Chingolo qué bien organizaba el ataque y, sobre todo, no perdía la moral, y Mañuco ¿ vio cómo baja hasta el arco a buscar pelota cuando el enemigo va dominando, Hermano Lucio ?, hay que meterlo al equipo. Cuéllar se reía feliz, se soplaba las uñas y se las lustraba en la camiseta de « Cuarto A », mangas blancas y pechera azul : ya está, le decíamos, ya te metimos pero no te sobres.

En julio, para el Campeonato Interaños, el Hermano Agustín autorizó al equipo de « Cuarto A » a entrenarse dos veces por semana, los lunes y los viernes, a la hora de Dibujo y Música. Después del segundo recreo, cuando el patio quedaba vacío, mojadito por la garúa, lustrado como un chimpún nuevecito, los once seleccionados bajaban a la cancha, nos cambiábamos el uniforme y, con zapatos de fútbol y buzos negros, salían de los camarines en fila india, a paso gimnástico, encabezados por Lalo, el capitán. En todas las ventanas de las aulas aparecían caras envidiosas que espiaban sus carreras, había un vientecito frío que arrugaba las aguas de la piscina (¿tú te bañarías ?, después del match, ahora no, brrr qué frío), sus saques, y movía las copas de los eucaliptos y ficus del Parque que asomaban sobre el muro amarillo del Colegio, sus penales y la mañana se iba volando : entrenamos regio, decía Cuéllar, bestial, ganaremos. Una hora después el Hermano Lucio tocaba el silbato y,

seulement à voir jouer et à jouer au foot du matin au soir, touchez-moi ces mollets, ils étaient devenus durs non ? Oui, il a fait beaucoup de progrès, disait Fufu à Frère Lucio, vraiment, et Lalo c'est un avant rapide et efficace, et Ouistiti il savait bien mener la descente et, surtout, il ne se démontait pas, et Marlou vous l'avez vu descendre jusque dans les bois chercher la balle quand l'adversaire a l'avantage, Frère Lucio ? il faut le mettre dans l'équipe. Cuéllar riait de bonheur, il soufflait sur ses ongles et les lustrait sur sa chemisette de « sixième A », manches blanches et plastron bleu : ça y est, lui disions-nous, cette fois nous t'avons mis mais ne te crois pas.

En juillet, pour le Championnat Interclasses, Frère Agustín autorisa l'équipe de « sixième A » à s'entraîner deux fois par semaine, le lundi et le vendredi, à l'heure de dessin et musique. Après la seconde récréation, quand la cour restait vide, humide de bruine, lustrée comme des souliers de foot tout neufs, les onze sélectionnés descendaient sur le terrain, nous nous mettions en tenue et, avec nos chaussures à crampons et nos survêts noirs, ils sortaient des vestiaires en file indienne, au pas de gymnastique, avec en tête Lalo, le capitaine. Toutes les fenêtres des classes encadraient des visages envieux qui suivaient leurs courses, il y avait un petit vent froid qui ridait l'eau de la piscine (tu t'y baignerais ? après le match, pas maintenant, brrr quel froid), leurs passes, et agitait les branches des eucalyptus et des ficus du Parc au-dessus du mur jaune du Collège, leurs penaltys et la matinée s'envolait : on s'entraîne au poil, disait Cuéllar, sec, et on va gagner. Une heure plus tard Frère Lucio donnait son coup de sifflet et,

mientras se desaguaban las aulas y los años formaban en el patio, los seleccionados nos vestíamos para ir a sus casas a almorzar. Pero Cuéllar se demoraba porque (te copias todas las de los craks, decía Chingolo, ¿ quién te crees ?, ¿ Toto Terry [1] ?) se metía siempre a la ducha después de los entrenamientos. A veces ellos se duchaban también, guau, pero ese día, guau guau, cuando Judas se apareció en la puerta de los camarines, guau guau guau, sólo Lalo y Cuéllar se estaban bañando : guau guau guau guau. Choto, Chingolo y Mañuco saltaron por las ventanas, Lalo chilló se escapó mira hermano y alcanzó a cerrar la puertecita de la ducha en el hocico mismo del danés. Ahí, encogido, losetas blancas, azulejos y chorritos de agua, temblando, oyó los ladridos de Judas, el llanto de Cuéllar, sus gritos, y oyó aullidos, saltos, choques, resbalones y después sólo ladridos, y un montón de tiempo después, les juro (pero cuánto, decía Chingolo, ¿ dos minutos ?, más hermano, y Choto ¿ cinco ?, más mucho más), el vozarrón del Hermano Lucio, las lisuras de Leoncio (¿ en español, Lalo ?, sí, también en francés, ¿ le entendías ?, no, pero se imaginaba que eran lisuras, idiota, por la furia de su voz), los carambas, Dios mío, fueras, sapes, largo largo, la desesperación de los Hermanos, su terrible susto. Abrió la puerta y ya se lo llevaban cargado, lo vio apenas entre las sotanas negras, ¿ desmayado ?, sí, ¿ calato, Lalo ?, sí y sangrando, hermano, palabra, qué horrible : el baño entero era purita sangre. Qué más, qué pasó después mientras yo me vestía, decía Lalo,

1. Une des gloires du football péruvien des années 1950.

22

tandis que les classes se vidaient et qu'ils se mettaient en rangs par année, les sélectionnés nous nous rhabillions pour aller déjeuner à la maison. Mais Cuéllar traînait parce que (tu copies toutes les manies des cracks, disait Ouistiti, pour qui te prends-tu? pour Toto Terry?) il passait toujours sous la douche après l'entraînement. Parfois ils se douchaient eux aussi, ouah, mais ce jour-là, ouah ouah, quand Judas surgit à la porte des vestiaires, ouah ouah ouah, seuls Lalo et Cuéllar se baignaient : ouah ouah ouah ouah. Fufu, Ouistiti et Marlou sautèrent par les fenêtres, Lalo hurla il s'est échappé fais gaffe et il parvint à fermer la porte de la douche sous le mufle du danois. Là, recroquevillé, carreaux blancs, faïence et jets de vapeur, tremblant, il entendit les aboiements de Judas, le sanglot de Cuéllar, ses cris, et il entendit des hurlements, des bonds, des heurts, des chutes, puis seulement des aboiements, et longtemps longtemps après, je vous jure (mais combien de temps, disait Ouistiti, deux minutes? davantage vieux, et Fufu cinq? plus, beaucoup plus), la gueulante de Frère Lucio, les jurons de Leoncio (en espagnol, Lalo? oui, en français aussi, tu comprenais? non, mais il imaginait que c'étaient des jurons, idiot, à cause de sa voix furieuse), les ô mon Dieu, nom de nom, fous le camp, allez, ouste ouste, le désespoir des Frères, leur terrible peur. Il ouvrit la porte, ils l'avaient déjà emmené, il l'aperçut à peine parmi les soutanes noires, évanoui? oui, à poil, Lalo? oui et en sang, vieux, ma parole, c'était affreux : y avait du sang partout dans la douche. Et après, qu'est-ce qui s'est passé pendant que je m'habillais, disait Lalo,

y Chingolo el Hermano Agustín y el Hermano Lucio metieron a Cuéllar en la camioneta de la Dirección, los vimos desde la escalera, y Choto arrancaron a ochenta (Mañuco cien) por hora, tocando bocina y bocina como los bomberos, como una ambulancia. Mientras tanto el Hermano Leoncio perseguía a Judas que iba y venía por el patio dando brincos, volantines, lo agarraba y lo metía a su jaula y por entre los alambres (quería matarlo, decía Choto, si lo hubieras visto, asustaba) lo azotaba sin misericordia, colorado, el moño bailándole sobre la cara.

Esa semana, la misa del domingo, el rosario del viernes y las oraciones del principio y del fin de las clases fueron por el restablecimiento de Cuéllar, pero los Hermanos se enfurecían si los alumnos hablaban entre ellos del accidente, nos chapaban y un cocacho, silencio, toma, castigado hasta las seis. Sin embargo ése fue el único tema de conversación en los recreos y en las aulas, y el lunes siguiente cuando, a la salida del Colegio, fueron a visitarlo a la *Clínica Americana*, vimos que no tenía nada en la cara ni en las manos. Estaba en un cuartito lindo, hola Cuéllar, paredes blancas y cortinas cremas, ¿ya te sanaste, cumpita?, junto a un jardín con florecitas, pasto y un árbol. Ellos lo estábamos vengando, Cuéllar, en cada recreo pedrada y pedrada contra la jaula de Judas y él bien hecho, prontito no le quedaría un hueso sano al desgraciado, se reía, cuando saliera iríamos al Colegio de noche y entraríamos por los techos, viva el jovencito pam pam, el Aguila Enmascarada chas chas, y le haríamos ver estrellas, de buen humor pero flaquito y pálido, a ese perro, como él a mí.

et Ouistiti Frère Agustín et Frère Lucio ont installé Cuéllar dans le break du Directeur, on les a vus du haut de l'escalier, et Fufu ils sont partis à quatre-vingts (Marlou cent) à l'heure, en klaxonnant et klaxonnant comme les pompiers, comme une ambulance. Pendant ce temps Frère Lucio s'élançait après Judas qui allait et venait dans la cour, sautait et cabriolait, l'attrapait et l'enfermait dans sa cage et à travers le grillage (il voulait le tuer, disait Fufu, si tu l'avais vu, il faisait peur) il le fouettait, sans pitié, tout rouge, sa crinière dansait sur son visage.

Cette semaine, la messe du dimanche, le rosaire du vendredi et les prières du début et de la fin des cours furent consacrés au rétablissement de Cuéllar, mais les Frères se mettaient en colère si les élèves parlaient entre eux de l'accident, ils nous attrapaient et une torgnole, silence, tiens, puni jusqu'à six heures. Ce fut pourtant le seul sujet de conversation en récréation et en classe, et le lundi suivant quand, à la sortie du collège, ils allèrent lui rendre visite à l'*Hôpital américain,* on a vu qu'il n'avait rien au visage ni aux mains. Il était dans une mignonne petite chambre, salut Cuéllar, aux murs blancs et rideaux crème, ça y est t'es guéri, petite tête? près d'un jardin avec des fleurs, du gazon et un arbre. Eux, nous le vengions, Cuéllar, à chaque récréation ils bombardaient de pierres la cage de Judas et lui bien fait, on pourrait bientôt numéroter ses abattis à ce salaud, il riait, quand il sortirait on irait au collège la nuit, nous entrerions par les toits, à nous deux pan pan, vive l'Aigle masqué chlass chlass, et on lui ferait voir les étoiles, de bonne humeur mais maigrichon et pâle, à ce chien, comme il m'a fait.

Sentadas a la cabecera de Cuéllar había dos señoras que nos dieron chocolates y se salieron al jardín, corazón, quédate conversando con tus amiguitos, se fumarían un cigarrillo y volverían, la del vestido blanco es mi mamá, la otra una tía. Cuenta, Cuéllar, hermanito, qué pasó, ¿le había dolido mucho?, muchísimo, ¿dónde lo había mordido?, ahí pues, y se muñequeó, ¿en la pichulita?, sí, coloradito, y se rió y nos reímos y las señoras desde la ventana adiós, adiós corazón, y a nosotros sólo un momentito más porque Cuéllar todavía no estaba curado y él chist, era un secreto, su viejo no quería, tampoco su vieja, que nadie supiera, mi cholo, mejor no digas nada, para qué, había sido en la pierna nomás, corazón ¿ya? La operación duró dos horas, les dijo, volvería al Colegio dentro de diez días, fíjate cuántas vacaciones qué más quieres le había dicho el doctor. Nos fuimos y en la clase todos querían saber, ¿le cosieron la barriga, cierto?, ¿con aguja e hilo, cierto? Y Chingolo cómo se empavó cuando nos contó, ¿sería pecado hablar de eso?, Lalo no, qué iba a ser, a él su mamá le decía cada noche antes de acostarse ¿ya te enjuagaste la boca, ya hiciste pipí?, y Mañuco pobre Cuéllar, qué dolor tendría, si un pelotazo ahí sueña a cualquier cómo sería un mordisco y sobre todo piensa en los colmillos que se gasta Judas, cojan piedras, vamos a la cancha, a la una, a las dos, a las tres, guau guau guau guau, ¿le gustaba?, desgraciado, que tomara y aprendiera.

Assises au chevet de Cuéllar il y avait deux dames qui nous offrirent des chocolats puis allèrent au jardin, mon cœur, reste bavarder avec tes petits camarades, elles allaient fumer une cigarette et revenir, celle en robe blanche c'est maman, l'autre une tante. Raconte, Cuéllar, petit vieux, qu'est-ce qui s'est passé, il avait eu très mal ? très très mal, où c'est qu'il l'avait mordu ? ben là, et il prit un air gêné, au petit zizi ? oui, tout rouge, et il rit et nous avons ri et les dames à la fenêtre bonjour, bonjour mon cœur, et à nous rien qu'un moment encore parce que Cuéllar n'était pas encore guéri et lui chut, c'était un secret, son vieux ne voulait pas, sa vieille non plus, que personne ne le sache, mon poulet, mieux vaut ne rien dire, à quoi bon, il l'avait mordu à la jambe voilà tout, d'accord mon cœur ? L'opération avait duré deux heures, leur dit-il, il retournerait au collège dans dix jours, tu te rends compte toutes ces vacances veinard lui avait dit le docteur. On est partis et en classe tout le monde voulait savoir, on lui a cousu le ventre, pas vrai ? avec du fil et une aiguille, pas vrai ? Et Ouistiti il a piqué un de ces fards en nous racontant ça, c'était un crime d'en parler ? Lalo non, pourquoi donc, lui sa maman lui disait chaque nuit avant de se coucher t'es-tu rincé la bouche, as-tu fait pipi ? et Marlou pauvre Cuéllar, qu'est-ce qu'il avait dû avoir mal si de recevoir le ballon à cet endroit vous en fait voir de toutes les couleurs qu'est-ce que ça devait être de se faire mordre là et puis tu as vu les crocs qu'il se paye Judas, prenez des pierres, allons sur le terrain, à la la une, à la la deux, à la la trois, ouah ouah ouah ouah, il aimait ça ? malheureux, qu'il prenne ça, ça lui apprendra.

27

Pobre Cuéllar, decía Choto, ya no podría lucirse en el Campeonato que empieza mañana, y Mañuco tanto entrenarse de balde y lo peor es que, decía Lalo, esto nos ha debilitado el equipo, hay que rajarse si no queremos quedar a la cola, muchachos, juren que se rajarán.

Pauvre Cuéllar, disait Fufu, il ne pourrait plus jouer en championnat qui commence demain, et Marlou tout cet entraînement pour des prunes et ce qu'il y a de pire, disait Lalo, c'est que notre équipe s'est affaiblie, faut laisser tomber, les gars, pour pas rester à la traîne, jurez-moi de tout plaquer.

## II

Sólo volvió al Colegio después de Fiestas Patrias [1] y, cosa rara, en vez de haber escarmentado con el fútbol (¿ no era por el fútbol, en cierta forma, que lo mordió Judas ?) vino más deportista que nunca. En cambio, los estudios comenzaron a importarle menos. Y se comprendía, ni tonto que fuera, ya no le hacía falta chancar : se presentaba a los exámenes con promedios muy bajos y los Hermanos lo pasaban, malos ejercicios y óptimo, pésimas tareas y aprobado. Desde el accidente te soban, le decíamos, no sabías nada de quebrados y, qué tal raza, te pusieron dieciséis. Además, lo hacían ayudar misa, Cuéllar lea el catecismo, llevar el gallardete del año en las procesiones, borre la pizarra, cantar en el coro, reparta las libretas, y los primeros viernes entraba al desayuno aunque no comulgara. Quién como, tú, decía Choto, te das la gran vida, lástima que Judas no nos mordiera también a nosotros, y él no era por eso : los Hermanos lo sobaban de miedo a su viejo.

1. Le 28 juillet, jour de l'Indépendance.

## II

Il ne retourna au collège qu'après la Fête nationale et, chose étrange, au lieu d'être dégoûté du football (n'était-ce pas à cause du football, d'une certaine manière, que Judas l'avait mordu?) il devint plus sportif que jamais. En revanche, il commença à attacher moins d'importance aux études. Et ça se comprenait, même s'il avait été idiot, il n'avait plus besoin de bûcher : il se présentait aux examens avec des moyennes très basses et les Frères le laissaient passer, mauvais exercices et très bien, devoirs exécrables et reçu. Depuis l'accident ils te chouchoutent, lui disions-nous, tu connaissais que dalle aux fractions et, c'est un comble, ils t'ont collé seize. De plus, ils lui faisaient servir la messe, Cuéllar lisez le catéchisme, porter le fanion de la classe aux processions, effacez le tableau, chanter au chœur, distribuez les livrets, et chaque premier vendredi du mois il avait droit au petit déjeuner même s'il ne communiait pas. Qui mieux que toi, disait Fufu, c'est la bonne vie, dommage que Judas ne nous ait pas mordus nous aussi, et lui ce n'était pas à cause de ça : les Frères le chouchoutaient par peur de son vieux.

Bandidos, qué le han hecho a mi hijo, les cierro el Colegio, los mando a la cárcel, no saben quién soy, iba a matar a esa maldita fiera y al Hermano Director, calma, cálmese señor, lo sacudió del babero. Fue así, palabra, decía Cuéllar, su viejo se lo había contado a su vieja y aunque se secreteaban él, desde mi cama de la clínica, los oyó : era por eso que lo sobaban, nomás. ¿ Del babero ?, qué truquero, decía Lalo, y Chingolo a lo mejor era cierto, por algo había desaparecido el maldito animal. Lo habrán vendido, decíamos, se habrá escapado, se lo regalarían a alguien, y Cuéllar no, no, seguro que su viejo vino y lo mató, él siempre cumplía lo que prometía. Porque una mañana la jaula amaneció vacía y una semana después, en lugar de Judas, ¡ cuatro conejitos blancos! Cuéllar, lléveles lechugas, ah compañerito, déles zanahorias, cómo te sobaban, cámbieles el agua y él feliz.

Pero no sólo los Hermanos se habían puesto a mimarlo, también a sus viejos les dio por ahí. Ahora Cuéllar venía todas las tardes con nosotros al *Terrazas* a jugar fulbito (¿ tu viejo ya no se enoja ?, ya no, al contrario, siempre le preguntaba quién ganó el match, mi equipo, cuántas goles metiste, ¿ tres ?, ¡ bravo !, y él no te molestes, mamá, se me rasgó la camisa jugando, fue casualidad, y ella sonsito, qué importaba, corazoncito, la muchacha se la cosería y te serviría para dentro de casa, que le diera un beso) y después nos íbamos a la cazuela del Excélsior, del Ricardo Palma o del Leuro[1] a ver seriales, dramas impropios para señoritas, películas de Cantinflas y Tin Tan[2].

1. Cinémas du quartier de Miraflores.
2. Acteurs comiques du cinéma mexicain.

Bandits, qu'avez-vous fait à mon fils, je fais fermer votre collège, je vous envoie en prison, vous ne savez pas qui je suis, il allait tuer cette maudite bête et le Frère Directeur, du calme, calmez-vous monsieur, il le secouait par le rabat. Ça s'est passé comme ça, ma parole, disait Cuéllar, son vieux l'avait raconté à sa vieille et bien qu'ils parlassent à voix basse lui, de mon lit d'hôpital, il les avait entendus : c'est pour ça qu'ils le chouchoutaient, voilà tout. Par le rabat ? c'te blague, disait Lalo, et Ouistiti c'est peut-être vrai après tout, le maudit animal avait bel et bien disparu. Ils ont dû le vendre, disions-nous, il a dû s'échapper, ils l'ont peut-être donné à quelqu'un, et Cuéllar non, non, son vieux était sûrement venu et l'avait tué, il n'avait qu'une parole. Car un matin on trouva la cage vide et une semaine après, à la place de Judas, quatre petits lapins blancs ! Cuéllar, apportez-leur de la laitue, hein petite tête, donnez-leur des carottes, comme ils te chouchoutaient, changez-leur l'eau et lui heureux.

Mais les Frères n'étaient pas les seuls à le dorloter, ses vieux aussi s'y étaient mis. Maintenant Cuéllar venait tous les après-midi avec nous au *Terrazas* jouer au mini-foot (ton vieux ne se fâche plus ? plus maintenant, au contraire, il lui demandait toujours qui avait gagné le match, mon équipe, combien de buts as-tu marqués, trois ? bravo ! et lui ne sois pas fâchée, maman, ma chemise s'est déchirée en jouant, sans faire exprès, et elle gros bêta, quelle importance, mon petit cœur, la bonne la lui coudrait et elle te servirait pour la maison, qu'il lui donne un baiser) puis nous allions au poulailler de l'*Excelsior,* du *Ricardo Palma* ou du *Leuro* voir des films à épisodes, des drames pas pour les jeunes filles, des films de Cantinflas et de Tin Tan.

A cada rato le aumentaban las propinas y me compran lo que quiero, nos decía, se los había metido al bolsillo a mis papás, me dan gusto en todo, los tenía aquí, se mueren por mí. El fue el primero de los cinco en tener patines, bicicleta, motocicleta y ellos Cuéllar que tu viejo nos regale una Copa para el Campeonato, que los llevara a la piscina del Estadio a ver nadar a Merino y al Conejo Villarán[1] y que nos recogiera en su auto a la salida de la vermuth[2], y su viejo nos la regalaba y los llevaba y nos recogía en su auto : sí, lo tenía aquí.

Por ese tiempo, no mucho después del accidente, comenzaron a decirle Pichulita. El apodo nació en la clase, ¿fue el sabido de Gumucio el que lo inventó?, claro, quién iba a ser, y al principio Cuéllar, Hermano, lloraba, me están diciendo una mala palabra, como un marica, ¿quién?, ¿qué te dicen?, una cosa fea, Hermano, le daba vergüenza repetírsela, tartamudeando y las lágrimas que se le saltaban, y después en los recreos los alumnos de otros años Pichulita qué hubo, y los mocos que se le salían, cómo estás, y él Hermano, fíjese, corría donde Leoncio, Lucio, Agustín o el profesor Cañón Paredes : ése fue. Se quejaba y también se enfurecía, qué has dicho, Pichulita he dicho, blanco de cólera, maricón, temblándole las manos y la voz, a ver repite si te atreves, Pichulita, ya me atreví y qué pasaba y él entonces cerraba los ojos y, tal como le había aconsejado su papá, no te dejes muchacho, se lanzaba, rómpeles la jeta, y los desafiaba,

1. Deux authentiques champions de natation de l'époque.
2. Séance de l'après-midi au cinéma.

A tout bout de champ ils augmentaient son argent de poche, ils m'achètent ce que je veux, nous disait-il, il les avait mis dans sa poche, mes parents, ils ne cherchent qu'à me faire plaisir, il les menait par le bout de nez, ils font des folies. Il fut le premier des cinq à avoir des patins, une bicyclette, une moto et eux Cuéllar ton vieux il peut pas nous offrir une coupe pour le championnat, les emmener à la piscine du stade voir nager Merino et Conejo Villarán et nous reprendre dans son auto à la sortie du cinoche ? et son vieux nous l'offrait, les y emmenait, nous reprenait dans son auto : oui, il le menait par le bout du nez.

A cette époque, peu de temps après l'accident, on commença à l'appeler Petit-Zizi. Le surnom naquit en classe, est-ce ce bosseur de Gumucio qui l'inventa ? bien sûr, qui cela pouvait-il être, et au début Cuéllar, Frère, pleurait, ils me disent un vilain mot, comme une tapette, qui ? que te disent-ils ? une vilaine chose, Frère, il avait honte de le lui répéter, en bégayant et ses larmes qui jaillissaient, puis à la récréation les élèves des autres années Petit-Zizi quoi qu'il y a, et la morve qui lui dégoulinait, qu'est-ce que t'as, et lui Frère, tenez, il courait vers Leoncio, Lucio, Agustín ou le professeur Cañón Paredes : c'est lui. Il se plaignait et devenait furieux aussi, qu'est-ce que t'as dit, Petit-Zizi j'ai dit, blanc de colère, dégonflé, ses mains tremblaient, sa voix aussi, répète un peu si tu l'oses, Petit-Zizi, voilà je l'ai dit, alors il fermait les yeux et, comme le lui avait conseillé son papa, ne te laisse pas faire mon petit, il s'élançait, casse-leur la figure, et les défiait,

le pisas el pie y bandangán, y se trompeaba, un sopapo, un cabezazo, un patadón, donde fuera, en la fila o en la cancha, lo mandas al suelo y se acabó, en la clase, en la capilla, no te fregarán más. Pero más se calentaba y más lo fastidiaban y una vez, era un escándalo, Hermano, vino su padre echando chispas a la Dirección, martirizaban a su hijo y él no lo iba a permitir. Que tuviera pantalones, que castigara a esos mocosos o lo haría él, pondría a todo el mundo en su sitio, qué insolencia, un manotazo en la mesa, era el colmo, no faltaba más. Pero le habían pegado el apodo como una estampilla y, a pesar de los castigos de los Hermanos, de los sean más humanos, ténganle un poco de piedad del Director, y a pesar de los llantos y las pataletas y las amenazas y golpes de Cuéllar, el apodo salió a la calle y poquito a poco fue corriendo por los barrios de Miraflores y nunca más pudo sacárselo de encima, pobre. Pichulita pasa la pelota, no seas angurriento, ¿cuánto te sacaste en álgebra, Pichulita?, te cambio una fruna, Pichulita, por una melcocha, y no dejes de venir mañana al paseo a Chosica [1], Pichulita, se bañarían en el río, los Hermanos llevarían guantes y podrás boxear con Gumucio y vengarte, Pichulita, ¿tienes botas?, porque habría que trepar al cerro, Pichulita, y al regreso todavía alcanzarían la vermuth, Pichulita, ¿te gustaba el plan?

También a ellos, Cuéllar, que al comienzo nos cuidábamos, cumpa, comenzó a salírseles, viejo, contra nuestra voluntad, hermano, hincha, de repente Pichulita y él, colorado, ¿qué?,

1. Lieu de villégiature, à quarante kilomètres de Lima et à 860 mètres d'altitude.

tu lui marches sur le pied et pan dans la gueule, il se bagarrait à coups de gifles, à coups de tête, à coups de tatane, n'importe où, en rangs ou sur le terrain, tu l'envoies au tapis et c'est marre, en classe, à la chapelle, ils t'emmerderont plus. Mais plus il se fâchait et plus ils l'enquiquinaient et une fois, c'était un scandale, Frère, son père rappliqua chez le Directeur hors de lui, on martyrisait son fils et il n'allait pas le tolérer. Qu'il mette un pantalon et punisse ces morveux, sinon il allait le faire, lui, il allait remettre tout le monde à sa place, quelle insolence, un coup de poing sur la table, c'était un comble, il ne manquait plus que ça. Mais le surnom lui collait comme une étiquette et, malgré les punitions des Frères, les soyez plus humains, ayez un peu pitié du Directeur, et malgré les pleurs, les trépignements, les menaces et les coups de Cuéllar, le surnom se mit à circuler et courut peu à peu dans les quartiers de Miraflores, il ne put jamais s'en défaire, le pauvre. Petit-Zizi passe le ballon, ne sois pas égoïste, quelle note t'es-tu tapée en algèbre, Petit-Zizi? je t'échange une sucette, Petit-Zizi, contre un nougat, ne manque pas demain y a plein air à Chosica, Petit-Zizi, ils se baigneraient dans la rivière, les Frères apporteraient des gants et tu pourras boxer contre Gumucio et te venger, Petit-Zizi, t'as des godasses? parce qu'il faudrait grimper à la montagne, Petit-Zizi, et au retour ils se payeraient le cinoche, Petit-Zizi, ça te bottait comme plan?

Eux aussi, Cuéllar, au début on faisait gaffe, mec, ça leur échappait, vieux, pas fait exprès, frérot, not' pote, soudain Petit-Zizi et lui, tout rouge, quoi?

o pálido ¿ tú también, Chingolo ?, abriendo mucho los ojos, hombre, perdón, no había sido con mala intención, ¿ él también, su amigo también ?, hombre, Cuéllar, que no se pusiera así, si todos se lo decían a uno se le contagiaba, ¿ tú también, Choto ?, y se le venía a la boca sin querer, ¿ él también, Mañuco ?, ¿ así le decíamos por la espalda ?, ¿ se daba media vuelta y ellos Pichulita, cierto ? No, qué ocurrencia, lo abrazábamos, palabra que nunca más y además por qué te enojas, hermanito, era un apodo como cualquier otro y por último ¿ al cojito Pérez no le dices tú Cojinoba y al bizco Rodríguez Virolo o Mirada Fatal y Pico de Oro al tartamudo Rivera ? ¿ Y no le decían a él Choto y a él Chingolo y a él Mañuco y a él Lalo[1] ? No te enojes, hermanón, sigue jugando, anda, te toca.

Poco a poco fue resignándose a su apodo y en Sexto año ya no lloraba ni se ponía matón, se hacía el desentendido y a veces hasta bromeaba, Pichulita no ¡ Pichulaza ja ja !, y en Primero de Media se había acostumbrado tanto que, más bien, cuando le decían Cuéllar se ponía serio y miraba con desconfianza, como dudando, ¿ no sería burla ? Hasta estiraba la mano a los nuevos amigos diciendo mucho gusto, Pichula Cuéllar a tus órdenes.

No a las muchachas, claro, sólo a los hombres. Porque en esa época, además de los deportes, ya se interesaban por las chicas. Habíamos comenzado a hacer bromas, en las clases, oye, ayer lo vi a Pirulo Martínez con su enamorada, en los recreos, se paseaban de la mano por el Malecón y de repente ¡ pum, un chupete !, y a las salidas ¿ en la boca ?,

1. Diminutif de Eduardo.

ou pâle toi aussi, Ouistiti ? les yeux écarquillés, excuse-moi mon vieux, voulais pas te blesser, lui aussi, son ami aussi ? allons, Cuéllar, faut pas le prendre mal, comme tout le monde le disait ça te collait après, toi aussi, Fufu ? c'était sans vouloir, lui aussi, Marlou ? on l'appelait ainsi dans son dos ? dès qu'il tournait la tête eux Petit-Zizi, c'est ça ? Non, qu'est-ce que tu vas penser, nous l'entourions affectueusement, parole que jamais plus et puis pourquoi tu te fâches, frérot, c'était un surnom comme un autre et enfin Pérez le boiteux tu l'appelles pas Patte-Folle et Rodríguez parce qu'il louche le Bigleux ou Regard-Fatal et Bouche-d'Or Rivera parce qu'il bégaie ? Et ne l'appelait-on pas, lui, Fufu et lui Ouistiti et lui Marlou et lui Lalo ? Te fâche pas, frérot, continue à jouer, allez, c'est à toi.

Peu à peu il se résigna à son surnom et en cinquième il ne pleurait plus et ne montrait plus les dents, il laissait courir et parfois même il plaisantait, pas Petit-Zizi Gros-Zozo ha ! ha ! et en quatrième il s'y était tellement habitué qu'au contraire, si on l'appelait Cuéllar il prenait l'air sérieux et regardait avec méfiance en se demandant si on ne se moquait pas de lui. Il tendait même la main aux nouveaux amis en leur disant enchanté, Zizi Cuéllar pour vous servir.

Pas aux filles, bien sûr, aux hommes seulement. Parce qu'à cette époque, en plus du sport, ils s'intéressaient déjà aux filles. Nous avions commencé à plaisanter, en classe, écoute, hier j'ai vu Riri Martínez avec sa chérie, à la récréation, ils se promenaient la main dans la main sur le Front de mer et soudain smac, un patin ! et à la sortie, sur la bouche ?

sí y se habían demorado un montón de rato besándose. Al poco tiempo, ése fue el tema principal de sus conversaciones. Quique[1] Rojas tenía una hembrita mayor que él, rubia, de ojazos azules y el domingo Mañuco los vio entrar juntos a la matiné del Ricardo Palma y a la salida ella estaba despeinadísima, seguro habían tirado plan, y el otro día en la noche Choto lo pescó al venezolano de Quinto, ese que le dicen Múcura por la bocaza, viejo, en un auto, con una mujer muy pintada y, por supuesto, estaban tirando plan, y tú, Lalo, ¿ ya tiraste plan ?, y tú, Pichulita, ja ja, y a Mañuco le gustaba la hermana de Perico[2] Sáenz, y Choto iba a pagar un helado y la cartera se le cayó y tenía una foto de una Caperucita Roja en una fiesta infantil, ja ja, no te muñequees, Lalo, ya sabemos que te mueres por la flaca Rojas, y tú Pichulita ¿ te mueres por alguien ?, y él no, colorado, todavía, o pálido, no se moría por nadie, y tú y tú, ja ja.

Si salíamos a las cinco en punto y corríamos por la Avenida Pardo como alma que lleva el diablo, alcanzaban justito la salida de las chicas del Colegio La Reparación. Nos parábamos en la esquina y fíjate, ahí estaban los ómnibus, eran las de Tercero y la de la segunda ventana es la hermana del cholo Cánepa, chau, chau, y ésa, mira, háganle adiós, se rió, se rió, y la chiquita nos contestó, adiós, adiós, pero no era para ti, mocosa, y ésa y ésa. A veces les llevábamos papelitos escritos y se los lanzaban a la volada, qué bonita eres, me gustan tus trenzas, el uniforme te queda mejor que a ninguna, tu amigo Lalo, cuidado, hombre,

1. Diminutif de Enrique.
2. Diminutif de Pedro.

oui et ils étaient restés un bout de temps à se bécoter. Ce fut là, bientôt, le principal sujet de conversation. Kiki Rojas avait une nana plus âgée que lui, blonde, aux grands yeux bleus et dimanche Marlou les a vus entrer ensemble en matinée au *Ricardo Palma* et en sortant elle était toute dépeignée, ils s'étaient sûrement pelotés, et l'autre soir Fufu a chopé le Vénézuélien de terminale, celui qu'on appelle Tirelire à cause de sa grande gueule, mon vieux, dans une bagnole, avec une femme très maquillée et, naturellement, ils se pelotaient, et toi, Lalo, tu as déjà peloté une fille ? et toi, Petit-Zizi, ah ah, et Marlou en pinçait pour la sœur de Perico Sáenz, et Fufu allait payer une glace quand son portefeuille est tombé avec la photo d'un Petit Chaperon rouge dans une fête enfantine, ah ah, ne fais pas des manières, Lalo, on sait bien que tu es fou de la petite Rojas, et toi Petit-Zizi tu es fou de qui ? et lui non, tout rouge, pas encore, ou pâle, il n'était fou de personne, et toi et toi, ah ah.

Si l'on sortait à cinq heures pile et qu'on dévalait l'avenue Pardo comme des dératés, ils arrivaient juste pour la sortie des filles du collège de La Réparation. On s'arrêtait à l'angle et tiens, les bus étaient là, c'étaient les filles de troisième et celle-ci à la deuxième fenêtre c'est la sœur de Cánepa le métis, tchao, tchao, et celle-là, regarde, faites-lui signe, elle a ri, elle a ri, et la fillette nous a répondu, bonjour, bonjour, mais ce n'était pas à toi, morveuse, et celle-là et celle-là. Parfois on leur amenait des billets doux qu'on leur lançait à la volée, que tu es jolie, j'aime tes tresses, l'uniforme te va mieux qu'à personne, ton ami Lalo, attention, vieux,

ya te vio la monja, las va a castigar, ¿cómo te llamas?, yo Mañuco, ¿vamos el domingo al cine?, que le contestara mañana con un papelito igual o haciéndome a la pasada del ómnibus con la cabeza que sí. Y tú Cuéllar, ¿no le gustaba ninguna?, sí, esa que se sienta atrás, ¿la cuatrojos?, no no, la de al ladito, por qué no le escribía entonces, y él qué le ponía, a ver, a ver, ¿quieres ser mi amiga?, no, qué bobada, quería ser su amigo y le mandaba un beso, sí, eso estaba mejor, pero era corto, algo más conchudo, quiero ser tu amigo y le mandaba un beso y te adoro, ella sería la vaca y yo seré el toro, ja ja. Y ahora firma tu nombre y tu apellido y que le hiciera un dibujo, ¿por ejemplo cuál?, cualquiera, un torito, una florecita, una pichulita, y así se nos pasaban las tardes, correteando tras los ómnibus del Colegio La Reparacíon y, a veces, íbamos hasta la Avenida Arequipa a ver a las chicas de uniformes blancos del Villa María, ¿acababan de hacer la primera comunión? les gritábamos, e incluso tomaban el Expreso y nos bajábamos en San Isidro para espiar a las del Santa Ursula y a las del Sagrado Corazón. Ya no jugábamos tanto fulbito como antes.

Cuando las fiestas de cumpleaños se convirtieron en fiestas mixtas, ellos se quedaban en los jardines, simulando que jugaban a la pega tú la llevas, la berlina adivina quién te dijo o matagente ¡te toqué!, mientras que éramos puro ojos, puro oídos, ¿qué pasaba en el salón?, ¿qué hacían las chicas con esos agrandados, qué envidia, que ya sabían bailar?

la sœur t'a vu, elle va les punir, comment t'appelles-tu? moi Marlou, on va dimanche au cinoche? qu'elle lui réponde demain par un petit billet semblable ou en me faisant oui avec la tête au passage du bus. Et toi Cuéllar, aucune ne lui plaisait? oui, celle qui s'assoit là derrière, la quat' z'yeux? non, non, celle à côté, alors pourquoi qu'il lui écrivait pas, et lui que lui mettrait-il, voyons, voyons, veux-tu être mon amie? non, quelle bêtise, il voulait être son ami et il lui envoyait un baiser, oui, c'était mieux, mais un peu court, quelque chose de plus culotté, je veux être ton ami et il lui envoyait un baiser et je t'adore, elle serait la vache et je serai le taureau, ah ah. Et maintenant signe ton prénom et ton nom et qu'il lui fasse un petit dessin, quoi par exemple? n'importe, un petit taureau, une petite fleur, un petit zizi, et nous passions nos après-midi de la sorte, courant derrière les bus du collège de La Réparation et, parfois, nous allions jusqu'à l'avenue Arequipa voir les filles en uniforme blanc du Villa María, est-ce qu'elles venaient de faire leur première communion? nous leur criions, et ils prenaient même le bus et on descendait à San Isidro pour guetter celles de Sainte-Ursule et celles du Sacré-Cœur. Désormais on ne jouait plus autant au mini-foot.

Quand les fêtes d'anniversaire devinrent des fêtes mixtes, ils restaient dans les jardins en faisant semblant de jouer à tu l'as, mère qu'as-tu dit ou à chat perché j' t'ai touché! alors que nous n'avions d'yeux, nous n'avions d'oreilles que pour ce qui se passait au salon, que fabriquaient ces filles avec ces espèces de grands gars, les veinards, qui savaient déjà danser?

Hasta que un día se decidieron a aprender ellos también y entonces nos pasábamos sábados, domingos íntegros, bailando entre hombres, en casa de Lalo, no, en la mía que es más grande era mejor, pero Choto tenía más discos, y Mañuco pero yo tengo a mi hermana que puede enseñarnos y Cuéllar no, en la de él, sus viejos ya sabían y un día toma, su mamá, corazón, le regalaba ese pic-up, ¿para él solito?, sí, ¿no quería aprender a bailar? Lo pondría en su cuarto y llamaría a sus amiguitos y se encerraría con ellos cuanto quisiera y también cómprate discos, corazón, anda a *Discocentro,* y ellos fueron y escogimos huarachas, mambos, boleros y valses y la cuenta la mandaban a su viejo, nomás, el señor Cuéllar, dos ocho cinco Mariscal Castilla. El vals y el bolero eran fáciles, había que tener memoria y contar, uno aquí, uno allá, la música no importaba tanto. Lo difícil eran la huaracha, tenemos que aprender figuras, decía Cuéllar, el mambo, y a dar vueltas y soltar a la pareja y lucirnos. Casi al mismo tiempo aprendimos a bailar y a fumar, tropezándonos, atorándose con el humo de los « Lucky » y « Viceroy », brincando hasta que de repente ya hermano, lo agarraste, salía, no lo pierdas, muévete más, mareándonos, tosiendo y escupiendo, ¿a ver, se lo había pasado?, mentira, tenía el humo bajo la lengua, y Pichulita yo, que le contáramos a él, ¿habíamos visto?, ocho, nueve, diez, y ahora lo botaba : ¿sabía o no sabía golpear? Y también echarlo por la nariz y agacharse y dar una vueltecita y levantarse sin perder el ritmo.

Jusqu'à ce qu'un jour ils se décident à apprendre eux aussi et alors nous passions des samedis et des dimanches entiers à danser entre hommes, chez Lalo, non, chez moi où c'est plus grand c'était mieux, mais Fufu avait plus de disques, et Marlou mais moi j'ai ma sœur qui peut nous apprendre et Cuéllar non, chez lui, ses vieux étaient déjà au courant et un jour tiens, sa maman, mon cœur, lui offrait ce pick-up, pour lui tout seul ? oui, ne voulait-il pas apprendre à danser ? Il le mettrait dans sa chambre, il appellerait ses petits camarades, il s'enfermerait avec eux autant qu'il le voudrait et aussi achète-toi des disques, mon cœur, va à *Discocentro*, et ils y allèrent et on choisit des guarachas, des mambos, des boléros et des valses et la note ils l'envoyaient à son vieux, voilà tout, monsieur Cuéllar, deux cent quatre-vingt-cinq Mariscal Castilla. La valse et le boléro étaient faciles, il fallait de la mémoire et compter, un pas par ici, un pas par là, la musique avait moins d'importance. Ce qu'il y avait de difficile c'étaient la guaracha, nous devons apprendre des figures, disait Cuéllar, le mambo, et faire des tours, lâcher la cavalière et ne pas perdre les pédales. Nous apprîmes presque en même temps à danser et à fumer, nous bousculant, nous étouffant avec la fumée des Lucky et des Viceroy, sautant jusqu'à ce que soudain ça y est vieux, t'as pigé, elle sortait, n'oublie pas, remue-toi davantage, la tête nous tournait, on toussait et crachait, alors, l'avait-il avalée ? mensonge, il avait la fumée sous la langue, et Petit-Zizi à moi, qu'on le chronomètre, nous avions vu ? huit, neuf, dix, et maintenant il la crachait : savait-il oui ou non pomper ? Et aussi la rejeter par le nez et se baisser et faire un petit tour et se relever sans perdre le rythme.

Antes, lo que más nos gustaba en el mundo eran los deportes y el cine, y daban cualquier cosa por un match de fútbol, y ahora en cambio lo que más eran las chicas y el baile y por lo que dábamos cualquier cosa era una fiesta con discos de Pérez Prado [1] y permiso de la dueña de la casa para fumar. Tenían fiestas casi todos los sábados y cuando no íbamos de invitados nos zampábamos y, antes de entrar, se metían a la bodega de la esquina y le pedíamos al chino, golpeando el mostrador con el puño : ¡ cinco capitanes [2] ! Seco y volteado, decía Pichulita, así, glu glu, como hombres, como yo.

Cuando Pérez Prado llegó a Lima con su orquesta, fuimos a esperarlo a la Córpac, y Cuéllar, a ver quién se aventaba como yo, consiguió abrirse paso entre la multitud, llegó hasta él, lo cogió del saco y le gritó « ¡ Rey del mambo ! ». Pérez Prado le sonrió y también me dio la mano, les juro, y le firmó su álbum de autógrafos, miren. Lo siguieron, confundidos en la caravana de hinchas, en el auto de Boby Lozano, hasta la Plaza San Martín y, a pesar de la prohibición del Arzobispo y de las advertencias de los Hermanos del Colegio Champagnat, fuimos a la Plaza de Acho, a Tribuna de Sol, a ver el campeonato nacional de mambo. Cada noche, en casa de Cuéllar, ponían Radio « El Sol » y escuchábamos, frenéticos, qué trompeta, hermano, qué ritmo, la audición de Pérez Prado, qué piano.

Ya usaban pantalones largos entonces, nos peinábamos con gomina y habían desarrollado,

1. Musicien très à la mode dans les années 1950-1960, surnommé le Roi du mambo.
2. Cocktail à base de *pisco* (eau-de-vie).

Avant, ce qui nous plaisait par-dessus tout c'étaient le sport et le cinéma, ils donnaient tout pour un match de foot, maintenant en revanche c'étaient par-dessus tout les filles et la danse et nous donnions tout pour une fête avec des disques de Pérez Prado et la permission de la maîtresse de maison de fumer. Ils avaient des fêtes presque tous les samedis et quand nous n'étions pas invités nous nous pointions en douce et, avant d'entrer, ils débarquaient au bistrot du coin et on demandait au Chinois, en frappant sur le zinc avec le poing : cinq perroquets ! Cul sec, disait Petit-Zizi, tel quel, et glou et glou, comme des hommes, comme moi.

Quand Pérez Prado vint à Lima avec son orchestre, nous allâmes l'attendre à l'aéroport, et Cuéllar, qui ose lui parler comme moi, réussit à se frayer un chemin dans la foule, arriva jusqu'à lui, l'attrapa par la veste et lui cria : « Roi du mambo ! » Pérez Prado lui sourit et aussi me serra la main, je vous jure, et signa son carnet d'autographes, regardez. Ils le suivirent, mêlés à la caravane de ses fans, dans l'auto de Bobby Lozano, jusqu'à la place San Martín et, malgré l'interdiction de l'Archevêque et les mises en garde des Frères du collège Champagnat, nous allâmes aux arènes d'Acho, aux places bon marché, voir le championnat national de mambo. Chaque soir, chez Cuéllar, on mettait radio El Sol et nous écoutions, frénétiques, quelle trompette, mec, quel rythme, l'audition de Pérez Prado, quel piano.

Ils portaient maintenant des pantalons longs, nous nous passions de la gomina dans les cheveux et ils s'étaient développés,

sobre todo Cuéllar, que de ser el más chiquito y el más enclenque de los cinco pasó a ser el más alto y el más fuerte. Te has vuelto un Tarzán, Pichulita, le decíamos, qué cuerpazo te echas al diario.

surtout Cuéllar qui, alors qu'il était le plus petit et le plus malingre de la bande, devint le plus grand et le plus fort. On dirait Tarzan, Petit-Zizi, lui disions-nous, quel balaise tu fais.

# III

El primero en tener enamorada fue Lalo, cuando andábamos en Tercero de Media. Entró una noche al *Cream Rica*, muy risueño, ellos qué te pasa y él, radiante, sobrado como un pavo real : le caí a Chabuca[1] Molina, me dijo que sí. Fuimos a festejarlo al *Chasqui* y, al segundo vaso de cerveza, Lalo, qué le dijiste en tu declaración, Cuéllar comenzó a ponerse nerviosito, ¿ le había agarrado la mano ?, pesadito, qué había hecho Chabuca, Lalo, y preguntón ¿ la besaste, di ? El nos contaba, contento, y ahora les tocaba a ellos, salud, hecho un caramelo de felicidad, a ver si nos apurábamos a tener enamorada y Cuéllar, golpeando la mesa con su vaso, cómo fue, qué dijo, qué le dijiste, qué hiciste. Pareces un cura, Pichulita, decía Lalo, me estás confesando y Cuéllar cuenta, cuenta, qué más. Se tomaron tres *Cristales* y, a medianoche, Pichulita se zampó. Recostado contra un poste, en plena Avenida Larco, frente a la Asistencia Pública, vomitó : cabeza de pollo, le decíamos, y también qué desperdicio, botar así la cerveza con lo que costó, qué derroche.

1. Diminutif péruvien de Isabel.

# III

Le premier à avoir une fiancée fut Lalo, alors que nous étions en seconde. Il entra un soir au *Cream Rica* tout jovial, eux qu'est-ce qui t'arrive et lui, radieux, faisant la roue et se pavanant : j'ai levé Chabuca Molina, elle m'a dit oui. On est allés fêter ça au *Chasqui* et, au second verre de bière, Lalo, qu'est-ce que tu lui as dit en te déclarant, Cuéllar commença à devenir un peu nerveux, lui avait-il pris la main ? casse-pieds, qu'est-ce qu'elle avait fait Chabuca, Lalo, et questionneur, tu l'as embrassée, dis ? Il nous racontait, tout content, et maintenant c'était leur tour, à la vôtre, fondu de bonheur, que nous nous dépêchions d'avoir une fiancée et Cuéllar, cognant la table de son verre, comment ça s'est passé, qu'est-ce qu'elle a dit, qu'est-ce que tu lui as dit, tu lui as fait. On dirait un curé, Petit-Zizi, disait Lalo, tu me confesses et Cuéllar raconte, raconte, quoi d'autre. Ils prirent trois bières « Cristal » et, à minuit, Petit-Zizi était saoul. Appuyé contre un poteau, en pleine avenue Larco, en face de l'Assistance publique, il vomit : petite nature, lui disions-nous, et aussi quel gâchis, rejeter comme ça la bière avec ce que ça coûte, quel gaspillage.

51

Pero él, nos traicionaste, no estaba con ganas de bromear, Lalo traidor, echando espuma, te adelantaste, buitreándose la camisa, caerle a una chica, el pantalón, y ni siquiera contarnos que la siriaba, Pichulita, agáchate un poco, te estás manchando hasta el alma, pero él nada, eso no se hacía, qué te importa que me manche, mal amigo, traidor. Después, mientras lo limpiábamos, se le fue la furia y se puso sentimental : ya nunca más te veríamos, Lalo. Se pasaría los domingos con Chabuca y nunca más nos buscarás, maricón. Y Lalo qué ocurrencia, hermano, la hembrita y los amigos eran dos cosas distintas pero no se oponen, no había que ser celoso, Pichulita, tranquilízate, y ellos dense la mano pero Cuéllar no quería, que Chabuca le diera la mano, yo no se la doy. Lo acompañamos hasta su casa y todo el camino estuvo murmurando cállate viejo y requintando, ya llegamos, entra despacito, despacito, pasito a paso como un ladrón, cuidadito, si haces bulla tus papis se despertarán y te pescarán. Pero él comenzó a gritar, a ver, a patear la puerta de su casa, que se despertaran y lo pescaran y qué iba a pasar, cobardes, que no nos fuéramos, él no les tenía miedo a sus viejos, que nos quedáramos y viéramos. Se ha picado, decía Mañuco, mientras corríamos hacia la Diagonal, dijiste le caí a Chabuca y mi cumpa cambió de cara y de humor, y Choto era envidia, por eso se emborrachó y Chingolo sus viejos lo iban a matar. Pero no le hicieron nada. ¿ Quién te abrió la puerta ?, mi mamá y ¿ qué pasó ?, le decíamos, ¿ te pegó ? No, se echó a llorar,

Mais lui, tu nous as trahis, n'avait pas envie de plaisanter, traître Lalo, tout écumant, tu as pris les devants, vomissant sur sa chemise, lever une fille, son pantalon, et pas même nous dire qu'il la baratinait, Petit-Zizi, penche-toi un peu, tu t'en mets partout, mais lui tant pis, ça ne se faisait pas, qu'est-ce que ça te fout que je me salisse, faux jeton, traître. Ensuite, tandis que nous le nettoyions, sa fureur tomba et il devint sentimental : nous ne te verrions jamais plus, Lalo. Il passerait ses dimanches avec Chabuca et tu ne nous chercheras plus, dégonflé. Et Lalo quelle idée, frérot, la pépée et les amis étaient deux choses différentes mais qui ne s'opposent pas, il ne fallait pas être jaloux, Petit-Zizi, sois tranquille, et eux donnez-vous la main mais Cuéllar ne voulait pas, que Chabuca lui donne la main, moi je la lui donne pas. Nous le raccompagnâmes jusque chez lui et tout au long du chemin il grommela tais-toi vieux et ressassa la chose, nous arrivons, entre doucement, doucement, pas à pas comme un voleur, fais gaffe, si tu fais du potin tes parents vont se réveiller et t'attraper. Mais le voilà qui se met à crier, ah oui, à donner des coups de pied dans la porte, qu'ils se réveillent et l'attrapent et après, lâches, que nous ne partions pas, il n'avait pas peur de ses vieux, que nous restions et l'on verrait. Il a pris la mouche, disait Marlou, tandis qu'on filait du côté de la Diagonale, tu as dit j'ai levé Chabuca et mon pote a changé de visage et d'humeur, et Fufu c'était de l'envie, c'est pour ça qu'il s'est saoulé et Ouistiti ses vieux allaient le tuer. Mais ils ne lui firent rien. Qui t'a ouvert la porte ? ma mère et qu'est-ce qui s'est passé ? lui disions-nous, elle t'a battu ? Non, elle s'est mise à pleurer,

corazón, cómo era posible, cómo iba a tomar licor a su edad, y también vino mi viejo y lo riñó, nomás, ¿ no se repetiría nunca ?, no papá, ¿ le daba vergüenza lo que había hecho ?, sí. Lo bañaron, lo acostaron y a la mañana siguiente les pidió perdón. También a Lalo, hermano, lo siento, ¿ la cerveza se me subió, no ? ¿ te insulté, te estuve fundiendo, no ? No, qué adefesio, cosa de tragos, choca esos cinco y amigos, Pichulita, como antes, no pasó nada.

Pero pasó algo : Cuéllar comenzó a hacer locuras para llamar la atención. Lo festejaban y le seguíamos la cuerda, ¿ a que me robo el carro del viejo y nos íbamos a dar curvas a la Costanera, muchachos ?, a que no hermano, y él se sacaba el Chevrolet de su papá y se iban a la Costanera ; ¿ a que bato el récord de Boby Lozano ?, a que no hermano, y él vssssst por el Malecón vssssst desde Benavides hasta la Quebrada vssssst en dos minutos cincuenta, ¿ lo batí ?, sí y Mañuco se persignó, lo batiste, y tú qué miedo tuviste, rosquetón ; ¿ a que nos invitaba al *Oh, qué bueno*[1] y hacíamos perro muerto ?, a que no hermano, y ellos iban al *Oh, qué bueno*, nos atragantábamos de hamburguers y de milkshakes, partían uno por uno y desde la Iglesia del Santa María veíamos a Cuéllar hacerle un quite al mozo y escapar ¿ qué les dije ? ; ¿ a que me vuelo todos los vidrios de esa casa con la escopeta de perdigones de mi viejo ?, a que no, Pichulita, y él se los volaba. Se hacía el loco para impresionar, pero también para ¿ viste, viste ?

---

1. Nom d'un restaurant de l'époque. Littéralement : « Ah ! que c'est bon ! »

mon cœur, comment était-ce possible, comment pouvait-il boire de l'alcool à son âge, et mon vieux est venu aussi et le gronda, voilà tout, cela ne se renouvellerait plus ? non papa, avait-il honte de ce qu'il avait fait ? oui. Ils le baignèrent, le couchèrent et le lendemain il leur demanda pardon. A Lalo aussi, frérot, je regrette, la bière m'est montée à la tête, n'est-ce pas ? je t'ai insulté, je t'ai cassé les pieds, n'est-ce pas ? Non, c'est ridicule, un coup de trop, tope-là et faisons amis, Petit-Zizi, comme avant, y a rien eu.

Mais il y eut quelque chose : Cuéllar commença à faire des folies pour attirer l'attention. Ils l'applaudissaient, nous l'encouragions, chiche que je tape la bagnole du vieux et nous nous payions les virages de la Costanera, les gars ? chiche que non frérot, et il sortait la Chevrolet de son père et ils s'en allaient à la Costanera ; chiche que je bats le record de Bobby Lozano ? chiche que non frérot, et lui bzzzt sur le Front de mer bzzzt de Benavides jusqu'à la Quebrada bzzzt en deux minutes cinquante, je l'ai battu ? oui et Marlou se signa, tu l'as battu, et toi qu'est-ce que t'as eu les foies, poule mouillée ; chiche qu'il nous invitait à l'*Oh, qué bueno* et qu'on se barrait sans payer ? chiche que non frérot, et ils allaient à l'*Oh, qué bueno,* nous nous gavions de hamburgers et de milk-shakes, ils partaient un par un et depuis l'église de Santa María nous voyions Cuéllar tromper l'attention du garçon et déguerpir qu'est-ce que je vous disais ? chiche que je fais voler en éclats toutes les vitres de cette maison avec la carabine de mon vieux ? chiche que non, Petit-Zizi, et il les faisait voler. Il faisait le fou pour nous impressionner, mais aussi pour t'as vu, t'as vu ?

sacarle cachita a Lalo, tú no te atreviste y yo sí me atreví. No le perdona lo de Chabuca, decíamos, qué odio le tiene.

En Cuarto de Media, Choto le cayó a Fina Salas y le dijo que sí, y Mañuco a Pusy Lañas y también que sí. Cuéllar se encerró en su casa un mes y en el Colegio apenas si los saludaba, oye, qué te pasa, nada, ¿por qué no nos buscaba, por qué no salía con ellos?, no le provocaba salir. Se hace el misterioso, decían, el interesante, el torcido, el resentido. Pero poco a poco se conformó y volvió al grupo. Los domingos, Chingolo y él se iban solos a la matiné (solteritos, les decíamos, viuditos), y después mataban el tiempo de cualquier manera, aplanando calles, sin hablar o apenas vamos por aquí, por allá, las manos en los bolsillos, oyendo discos en casa de Cuéllar, leyendo chistes o jugando naipes, y a las nueve se caían por el Parque Salazar a buscar a los otros, que a esa hora ya estábamos despidiendo a las enamoradas. ¿Tiraron buen plan?, decía Cuéllar, mientras nos quitábamos los sacos, se aflojaban las corbatas y nos remangábamos los puños en el Billar de la Alameda Ricardo Palma, ¿un plancito firme, muchachos?, la voz enferma de pica, envidia y malhumor, y ellos cállate, juguemos, ¿mano, lengua?, pestañeando como si el humo y la luz de los focos le hincaran los ojos, y nosotros ¿le daba cólera, Pichulita?, ¿por qué en vez de picarse no se conseguía una hembrita y paraba de fregar?, y él ¿se chupetearon?, tosiendo y escupiendo como un borracho, ¿hasta atorarse?,

faire maronner Lalo, tu t'es dégonflé toi, pas moi. Il ne lui pardonne pas l'histoire de Chabuca, disions-nous, il peut pas l'encaisser.

En première, Fufu leva Fina Salas et elle lui dit oui, Marlou, Pusy Lañas et également oui. Cuéllar s'enferma chez lui tout un mois et au collège c'est à peine s'il leur disait bonjour, écoute, qu'est-ce qui t'arrive, rien, pourquoi ne nous cherchait-il pas, pourquoi ne sortait-il pas avec eux ? ça ne lui disait rien de sortir. Monsieur fait des mystères, disaient-ils, il fait l'intéressant, le malheureux, il est fâché. Mais peu à peu il se résigna et revint au groupe. Le dimanche, Ouistiti et lui allaient tout seuls en matinée (en célibataires, leur disions-nous, en petits veufs), après quoi ils tuaient le temps d'une façon ou d'une autre, en arpentant les rues, sans parler ou à peine allons par ici, par là-bas, les mains dans les poches, écoutant des disques chez Cuéllar, lisant des comics ou jouant aux cartes, et à neuf heures ils se pointaient au parc Salazar pour chercher les autres, car c'est à cette heure que nous quittions nos fiancées. Alors quoi vous avez bien frotté ? disait Cuéllar, tandis que nous tombions la veste, ils dénouaient leur cravate et nous retroussions nos manches au billard de l'avenue Ricardo Palma, frotté dur, les gars ? la voix malade de dépit, d'envie et de mauvaise humeur, et eux tais-toi, jouons, avec la main, la langue ? clignant les yeux comme si la fumée et la lumière des lampes le blessaient, et nous il piquait sa colère, Petit-Zizi ? pourquoi au lieu de se froisser ne se cherchait-il pas une nana et cessait de faire suer ? et lui ils se sont bécotés ? toussant et crachant comme un ivrogne, jusqu'à s'étouffer ?

taconeando, ¿les levantaron la falda, les metimos el dedito?, y ellos la envidia lo corroía, Pichulita, ¿bien riquito, bien bonito?, lo enloquecía, mejor se callaba y empezaba. Pero él seguía, incansable, ya, ahora en serio, ¿qué les habíamos hecho?, ¿las muchachas se dejaban besar cuánto tiempo?, ¿otra vez, hermano?, cállate, ya se ponía pesado, y una vez Lalo se enojó : mierda, iba a partirle la jeta, hablaba como si las enamoradas fueran cholitas de plan. Los separamos y los hicieron amistar, pero Cuéllar no podía, era más fuerte que él, cada domingo con la misma vaina : a ver ¿cómo les fue?, que contáramos, ¿rico el plan?

En Quinto de Media, Chingolo le cayó a la Bebe Romero y le dijo que no, a la Tula [1] Ramírez y que no, a la China [2] Saldívar y que sí : a la tercera va la vencida, decía, el que la sigue la consigue, feliz. Lo festejamos en el barcito de los cachascanistas de la calle San Martín. Mudo, encogido, triste en su silla del rincón, Cuéllar se aventaba capitán tras capitán : no pongas esa cara, hermano, ahora le tocaba a él. Que se escogiera una hembrita y le cayera, le decíamos, te haremos el bajo, lo ayudaríamos y nuestras enamoradas también. Sí, sí, ya escogería, capitán tras capitán, y de repente, chau, se paró : estaba cansado, me voy a dormir. Si se quedaba iba a llorar, decía Mañuco, y Choto estaba que se aguantaba las ganas, y Chingolo si no lloraba le daba una pataleta como la otra vez. Y Lalo : había que ayudarlo, lo decía en serio,

---

1. Diminutif de Gertrudis.
2. Il ne s'agit pas du diminutif d'un prénom, mais d'un simple terme affectif.

trépignant, ils leur avaient soulevé la jupe, nous leur avions fourré le petit doigt ? et eux l'envie le dévorait, Petit-Zizi, c'était bon, c'était trognon ? le rendait dingue, il valait mieux qu'il se taise et se mette à jouer. Mais il poursuivait, infatigable, bon, sérieusement maintenant, qu'est-ce que nous leur avions fait ? les filles se laissaient embrasser combien de temps ? tu remets ça, frérot ? tais-toi donc, il devenait vraiment casse-pieds, et une fois Lalo se fâcha : et merde, il allait lui foutre son poing, il parlait comme si les fiancées étaient des petites couche-toi-là. Nous les séparâmes, ils les réconcilièrent, mais Cuéllar ne pouvait pas s'en empêcher, c'était plus fort que lui, chaque dimanche c'était la même rengaine : alors, comment ça s'est passé, que nous lui racontions, z'avez bien frotté ?

En terminale, Ouistiti leva Bebe Romero et elle lui dit non, Tula Ramírez et elle lui dit non, China Saldívar, oui : au troisième coup on gagne, disait-il, qui poursuit réussit, heureux. Nous fêtâmes cela dans le petit bistrot des catcheurs de la rue San Martín. Silencieux, tassé, triste dans son coin, Cuéllar s'envoyait perroquet sur perroquet : ne fais pas cette tête, frérot, maintenant c'était à lui de jouer. Qu'il se trouve une nana et la lève, lui disions-nous, on sera derrière toi, nous l'aiderions ainsi que nos fiancées. Oui, oui, il s'en dénicherait, perroquet sur perroquet, et soudain, tchao, il se leva : il était fatigué, je vais me coucher. S'il restait il allait pleurer, disait Marlou, et Fufu il était là à se mordre les poings, et Ouistiti s'il ne pleurait pas il allait faire sa crise comme l'autre fois. Et Lalo : il fallait l'aider, il disait cela sérieusement,

le conseguiríamos una hembrita aunque fuera feíta, y se le quitaría el complejo. Sí, sí, lo ayudaríamos, era buena gente, un poco fregado a veces pero en su caso cualquiera, se le comprendía, se le perdonaba, se le extrañaba, se le quería, tomemos a su salud, Pichulita, choquen los vasos, por ti.

Desde entonces, Cuéllar se iba solo a la matiné los domingos y días feriados — lo veíamos en la oscuridad de la platea, sentadito en las filas de atrás, encendiendo pucho tras pucho, espiando a la disimulada a las parejas que tiraban plan —, y se reunía con ellos nada más que en las noches, en el Billar, en el *Bransa*, en el *Cream Rica*, la cara amarga, ¿qué tal domingo? y la voz ácida, él muy bien y ustedes me imagino que requetebién ¿no?

Pero en el verano ya se le había pasado el colerón; íbamos juntos a la playa — a *La Herradura*[1], ya no a Miraflores —, en el auto que sus viejos le habían regalado por Navidad, un Ford convertible que tenía el escape abierto, no respetaba los semáforos y ensordecía, asustaba a los transeúntes. Mal que mal, se había hecho amigo de las chicas y se llevaba bien con ellas, a pesar de que siempre, Cuéllar, lo andaban fundiendo con la misma cosa : ¿por qué no le caes a alguna muchacha de una vez? Así serían cinco parejas y saldríamos en patota todo el tiempo y estarían para arriba y para abajo juntos ¿por qué no lo haces? Cuéllar se defendía bromeando, no porque entonces ya no cabrían todos en el poderoso Ford y una de ustedes sería la sacrificada, despistando,

1. Plage du quartier de Chorrillos, à l'ouest des plages de Miraflores.

nous lui dénicherions une nana même une mocheté, et il perdrait son complexe. Oui, oui, nous l'aiderions, c'était un brave gars, un peu emmerdeur parfois mais tout le monde à sa place, on le comprenait, on lui pardonnait, on le regrettait, on l'aimait, buvons à sa santé, Petit-Zizi, tchin-tchin, à la tienne.

Dès lors, Cuéllar s'en allait seul en matinée les dimanches et jours fériés — nous le voyions dans l'obscurité de l'orchestre, dissimulé dans les rangs arrière, allumant pipe sur pipe, épiant à la dérobée les couples qui se pelotaient —, et il ne les retrouvait que le soir, au billard, au *Bransa*, au *Cream Rica*, l'air amer, as-tu passé un bon dimanche ? et la voix acide, très bien et vous magnifiquement j'imagine, non ?

Mais l'été la colère lui avait déjà passé ; nous allions ensemble à la plage — à *La Herradura*, pas à Miraflores désormais —, dans la bagnole que ses vieux lui avaient offerte à Noël, une Ford décapotable à échappement libre, il ne respectait pas les feux et faisait un bruit d'enfer, effarouchait les passants. Tant bien que mal, il avait fait ami avec les filles et se conduisait bien avec elles, mais elles toujours, Cuéllar, le tannaient avec la même question : pourquoi ne lèves-tu pas une fille une bonne fois ? Ainsi cela ferait cinq couples et nous sortirions en bande tout le temps, ils seraient toujours ensemble pour le meilleur et pour le pire pourquoi ne le fais-tu pas ? Cuéllar se défendait en blaguant, non parce que alors ils ne tiendraient pas tous dans son bolide et l'une de vous devrait se sacrifier, en déviant,

¿ acaso nueve no íbamos apachurrados ? En serio, decía
Pusy, todos tenían enamorada y él no, ¿ no te cansas de
tocar violín ? Que le cayera a la flaca Gamio, se muere
por ti, se los había confesado el otro día, donde la
China, jugando a la berlina, ¿ no te gusta ? Cáele, le
haríamos corralito, lo aceptaría, decídete. Pero él no
quería tener enamorada y ponía cara de forajido,
prefiero mi libertad, y de conquistador, solterito se
estaba mejor. Tu libertad para qué, decía la China,
¿ para hacer barbaridades ?, y Chabuca ¿ para irse de
plancito ?, y Pusy ¿ con huachafitas ?, y él cara de
misterioso, a lo mejor, de cafiche, a lo mejor y de
vicioso : podía ser. ¿ Por qué ya nunca vienes a
nuestras fiestas ?, decía Fina, antes venías a todas y
eras tan alegre y bailabas tan bien, ¿ qué te pasó,
Cuéllar ? y Chabuca que no fuera aguado, ven y así un
día encontrarás una chica que te guste y le caerás. Pero
él ni de a vainas, de perdido, nuestras fiestas lo
aburrían, de sobrado avejentado, no iba porque tenía
otras mejores donde me divierto más. Lo que pasa es
que no te gustan las chicas decentes, decían ellas, y él
como amigas claro que sí, y ellas sólo las cholas, las
medio pelo, las bandidas y, de pronto, Pichulita, sssí le
gggggustabbbban, comenzaba, las chiccas decenttttes,
a tartamudear, sssólo qqqque la flacca Gamio nnno,
ellas ya te muñequeaste y él addddemás no habbbía
tiempo por los exámmmenes y ellos déjenlo en paz,
salíamos en su defensa, no lo van a convencer,

est-ce qu'à neuf déjà nous n'étions pas écrasés? Sérieusement, disait Pusy, ils avaient tous une fiancée et lui pas, ça ne te fatigue pas de tenir la chandelle? Qu'il lève donc la petite Gamio, elle est folle de toi, elle le leur avait avoué l'autre jour, chez Gina, en jouant à mère qu'as-tu dit, elle ne te plaît pas? Lève-la, nous le soutiendrions par-derrière, elle l'accepterait, décide-toi. Mais il ne voulait pas avoir de fiancée et prenait un air blasé, je préfère ma liberté, et un air canaille, en célibataire c'était bien mieux. Ta liberté pour quoi faire, disait China, pour faire des horreurs? et Chabuca pour s'en aller chasser tout seul? et Pusy avec des petites dévergondées? et lui avec un air de mystère, peut-être, de maquereau, peut-être et de vicieux: pourquoi pas? Pourquoi que tu ne viens plus jamais à nos surboums? disait Fina, avant tu assistais à toutes, tu étais si joyeux et tu dansais si bien, qu'est-ce qui t'est arrivé, Cuéllar? Et Chabuca qu'il ne fasse pas sa mauvaise tête, viens et ainsi un jour tu trouveras une fille à ton goût et tu la lèveras. Mais lui pas question, avec un air désabusé, nos surboums l'assommaient, un air de vieux connaisseur, il n'y venait pas parce qu'il en avait d'autres où il s'amusait bien mieux. Ce qu'il y a c'est que les filles comme il faut ne te plaisent pas, disaient-elles, et lui comme amies bien sûr que oui, et elles seulement les couche-toi-là, les petites coureuses, les filles de quat' sous et, soudain, Petit-Zizi, vvvoui elles lui pppplaisaient, il commençait, les fffilles cccomme il fffaut, à bégayer, mmmais la pppetite Gamio nnnon, elles tu fais bien des manières et lui et ppuis n'ya n'yavait pas le tttemps à cccause des exxxames et eux laissez-le tranquille, nous prenions sa défense, vous ne le convaincrez pas, él tenía sus plancitos, sus secretitos, apúrate hermano, mira qué sol, *La Herradura* debe estar que arde, hunde la pata, hazlo volar al poderoso Ford.

Nos bañábamos frente a *Las Gaviotas* y, mientras las cuatro parejas se asoleaban en la arena, Cuéllar se lucía corriendo olas. A ver esa que se está formando, decía Chabuca, esa tan grandaza ¿ podrás ? Pichulita se paraba de un salto, le había dado en la yema del gusto, en eso al menos podía ganarnos : lo iba a intentar, Chabuquita [1], mira. Se precipitaba — corría sacando pecho, echando la cabeza atrás — se zambullía, avanzaba braceando lindo, pataleando parejito, qué bien nada decía Pusy, alcanzaba el tumbo cuando iba a reventar, fíjate la va a correr se atrevió decía la China, se ponía a flote y metiendo apenas la cabeza, un brazo tieso y el otro golpeando, jalando el agua como un campeón, lo veíamos subir hasta la cresta de la ola, caer con ella, desaparecer en un estruendo de espuma, fíjense fíjense, en una de ésas lo va a revolcar decía Fina, y lo veían reaparecer y venir arrastrado por la ola, el cuerpo arqueado, la cabeza afuera, los pies cruzados en el aire, y lo veíamos llegar hasta la orilla suavecito, empujadito por los tumbos.

Qué bien las corre, decían ellas mientras Cuéllar se revolvía contra la resaca, nos hacía adiós y de nuevo se arreaba al mar, era tan simpático, y también pintón, ¿ por qué no tenía enamorada ? Ellos se miraban de reojo, Lalo se reía, Fina qué les pasa,

<hr />

1. Le parler péruvien de classe moyenne affectionne les diminutifs et se complaît ainsi à un certain maniérisme de langage qui porte un nom : « la huachafería », sorte de snobisme dont Vargas Llosa lui-même a souligné le ridicule.

1

1 « ... à quatre heures et quart ils étaient tous
sur le terrain de foot. »
M. Gromaire : *Football*, 1930. Musée d'Art Moderne de la Ville de Paris.

2

3

2  Mario Vargas Llosa (3ᵉ rang, 3ᵉ à partir de la droite) en 1945, au Collège La Salle, Cochabamba (Bolivie).

3  En 1967, photographié par José Casals.

4

5

6

4, 5, 6 « Les quatorze Incas, Cuéllar, disait Frère Leoncio, et il te les récitait d'un trait... Quel fortiche, Cuéllar, lui disait Lalo. » Les III$^e$, XI$^e$ et XII$^e$ Incas. Peintures du XVII$^e$ siècle.

7 « ... Lalo hurla il s'est échappé fais gaffe. »
Vase en bois, culture Inca.

8 « A cette époque, peu de temps après l'accident, on commença à l'appeler Petit-Zizi. »
Statuette masculine, culture Inca.
Musée de l'Homme, Paris.

7

8

9

9 « Ils portaient maintenant des pantalons longs, nous nous passions de la gomina dans les cheveux et ils s'étaient développés. »

10 « ... quelle trompette, mec, quel rythme. »

11 « Nous apprîmes presque en même temps à danser et à fumer, nous bousculant, nous étouffant avec la fumée des Lucky et des Viceroy. »

10

11

12

14

1

16

15, 16 « ... oui, pour ça qu'il avait pleuré ? oui,
et aussi de chagrin pour les gens pauvres, pour
les aveugles, les boiteux... et pour ces petits métis
qui te cirent les souliers place San Martín c'est
idiot, non ? »

17 « ... quel soleil bon Dieu, il doit faire une de
ces chaleurs à *La Herradura*. »

18 « ... Cuéllar se donnait en spectacle en courant les vagues. »

19

19   « Il était sympa et bien balancé aussi, pourquoi n'avait-il pas de fiancée ? »
V. Brauner : *Le feu et l'eau de l'amour*, 1945. Musée
d'Art Moderne, Venise.

20, 21   « On dirait Tarzan, Petit-Zizi, lui disions
nous, quel balaise tu fais. »
Illustrations extraites de *Tarzan l'Invincible*, de
E.R. Burroughs.

20

21

22

22  « Il se mit à porter cravate et veston, à se peigner avec des crans à la Elvis Presley et à cirer ses chaussures. »

23, 24  « ... et s'était tué maintenant, en allant vers le Nord, comment ? dans une collision, où ? dans les tournants traîtres de Pasamayo, le pauvre, disions-nous à son enterrement. »

23

24

5

25 « ... le sanglot de Cuéllar. ses cris... quelle vie il a eue ».
R. Tamayo : *Le cri*, 1947. Galerie d'Art Moderne, Rome.

il avait ses petites aventures, ses petits secrets, magne-toi frérot, quel soleil bon Dieu, il doit faire une de ces chaleurs à *La Herradura*, appuie sur le champignon, donne toute la gomme.

Nous nous baignions en face de *Las Gaviotas* et, tandis que les quatre couples se prélassaient sur le sable, Cuéllar se donnait en spectacle en courant les vagues. Tiens, celle qui arrive, disait Chabuca, cette grosse vague tu vas pouvoir ? Petit-Zizi se levait d'un bond, piqué au vif, sur ce terrain au moins il pouvait gagner : il allait essayer, Chabuquita, regarde. Il s'élançait — il courait en bombant le torse, la tête rejetée en arrière —, plongeait, avançait en agitant les bras joliment, les jambes en cadence, qu'est-ce qu'il nage bien disait Pusy, il atteignait les rouleaux au moment où ils allaient se briser, regarde il va courir la vague il a du cran disait China, il refaisait surface et la tête à peine émergeant, un bras tendu, l'autre frappant l'eau, il avançait comme un champion, nous le voyions monter jusqu'à la crête de la vague, descendre avec elle, disparaître dans un fracas d'écume, regardez regardez, il va finir par se faire rouler disait Fina, et on le voyait réapparaître et approcher, entraîné par la vague, le corps cambré, la tête dehors, les pieds battant l'air, et nous le voyions gagner le rivage tout doucement, gentiment poussé par les rouleaux.

Qu'est-ce qu'il les court bien, disaient-elles tandis que Cuéllar se retournait contre le ressac, nous faisait au revoir et se lançait à nouveau dans la mer, il était sympa, et bien balancé aussi, pourquoi n'avait-il pas de fiancée ? Ils se regardaient du coin de l'œil, Lalo riait, Fina qu'avez-vous,

a qué venían esas carcajadas, cuenten, Choto enrojecía, venían porque sí, de nada y además de qué hablas, qué carcajadas, ella no te hagas y él no, si no se hacía, palabra. No tenía porque es tímido, decía Chingolo, y Pusy no era, que iba a ser, más bien un fresco, y Chabuca ¿entonces por qué? Está buscando pero no encuentra, decía Lalo, ya le caerá a alguna, y la China falso, no estaba buscando, no iba nunca a fiestas, y Chabuca ¿entonces por qué? Sabe, decía Lalo, se cortaba la cabeza que sí, sabían y se hacían las que no, ¿para qué?, para sonsacarles, si no supieran por qué tantos por qué, tanta mirada rarita, tanta malicia en la voz. Y Choto: no, te equivocas, no sabían, eran preguntas inocentes, las muchachas se compadecían de que no tuviera hembrita a su edad, les da pena que ande solo, lo querían ayudar. Tal vez no saben pero cualquier día van a saber, decía Chingolo, y será su culpa ¿qué le costaba caerle a alguna aunque fuera sólo para despistar?, y Chabuca ¿entonces por qué?, y Mañuco qué te importa, no lo fundas tanto, el día menos pensado se enamoraría, ya vería, y ahora cállense que ahí está.

A medida que pasaban los días, Cuéllar se volvía más huraño con las muchachas, más lacónico y esquivo. También más loco: aguó la fiesta de cumpleaños de Pusy arrojando una sarta de cuetes por la ventana, ella se echó a llorar y Mañuco se enojó, fue a buscarlo, se trompearon, Pichulita le pegó. Tardamos una semana en hacerlos amistar, perdón Mañuco,

pourquoi ces éclats de rire, racontez, Fufu rougissait, comme ça, pour rien et puis de quoi tu parles, quels rires, elle ne fais pas l'innocent et lui non, il ne faisait pas l'innocent, parole. Il n'en avait pas parce qu'il est timide, disait Ouistiti, et Pusy allons donc, il était plutôt culotté, et Chabuca alors pourquoi ? Il cherche mais il ne trouve pas, disait Lalo, il finira bien par en draguer une, et China c'est faux, il ne cherchait pas, il ne venait jamais aux surprises-parties, et Chabuca alors pourquoi ? Elles savent, disait Lalo, il mettait sa main au feu, elles savaient et faisaient les innocentes, pourquoi ? pour leur tirer les vers du nez, si elles ne savaient pas pourquoi toutes ces questions, tous ces petits regards en coin et ces airs malicieux. Et Fufu : non, tu te trompes, elles ne savaient pas, c'étaient des questions innocentes, les filles le plaignaient de ne pas avoir de flirt à son âge, ça leur fait peine de le voir tout seul, elles voulaient l'aider. Peut-être bien qu'elles ne savent pas mais un jour elles vont savoir, disait Ouistiti, et ce sera sa faute qu'est-ce que ça lui coûtait d'en baratiner une ne serait-ce que pour donner le change ? et Chabuca alors pourquoi ? et Marlou qu'est-ce que ça peut te faire, ne l'enquiquine pas, le jour où l'on s'y attendra le moins il allait tomber amoureux, elle verrait bien, et maintenant taisez-vous le voilà.

A mesure que passaient les jours, Cuéllar devenait plus ours avec les filles, plus laconique et plus distant. Plus fou aussi : il gâcha l'anniversaire de Pusy en jetant un tas de pétards par la fenêtre, elle se mit à pleurer et Marlou se fâcha, il alla le chercher, ils se bagarrèrent, Petit-Zizi le frappa. Il nous fallut une semaine pour les réconcilier, pardon Marlou,

caray, no sé qué me pasó, hermano, nada, más bien yo te pido perdón, Pichulita, por haberme calentado, ven ven, también Pusy te perdonó y quiere verte; se presentó borracho en la Misa de Gallo y Lalo y Choto tuvieron que sacarlo en peso al Parque, suéltenme, delirando, le importaba un pito, buitreando, quisiera tener un revólver, ¿ para qué, hermanito ?, con diablos azules, ¿ para matarnos ?, sí y lo mismo a ése que pasa pam pam y a ti y a mí también pam pam ; un domingo invadió la Pelouse del Hipódromo y con su Ford ffffuum embestía a la gente ffffuum que chillaba y saltaba las barreras, aterrada, ffffuum. En los Carnavales, las chicas le huían : las bombardeaba con proyectiles hediondos, cascarones, frutas podridas, globos inflados con pipí y las refregaba con barro, tinta, harina, jabón (de lavar ollas) y betún : salvaje, le decían, cochino, bruto, animal, y se aparecía en la fiesta del *Terrazas*, en el Infantil del Parque de Barranco, en el baile del *Lawn Tennis*[1], sin disfraz, un chisguete de éter en cada mano, píquiti píquiti juas, le di, le di en los ojos, ja ja, píquiti píquiti juas, la dejé ciega, ja ja, o armado con un bastón para enredarlo en los pies de las parejas y echarlas al suelo : bandangán. Se trompeaba, le pegaban, a veces lo defendíamos pero no escarmienta con nada, decíamos, en una de éstas lo van a matar.

Sus locuras le dieron mala fama y Chingolo, hermano, tienes que cambiar, Choto, Pichulita, te estás volviendo antipático, Mañuco, las chicas ya no querían juntarse con él, te creían un bandido, un sobrado y un pesado.

---

1. Club au centre de Lima, près du quartier de Breña.

bon Dieu, je ne sais pas ce qui m'a pris, frérot, c'est rien, c'est moi qui te demande pardon, Petit-Zizi, je me suis échauffé, viens viens, Pusy aussi t'a pardonné et veut te voir ; il arriva bourré à la messe de minuit, Lalo et Fufu durent le sortir à bras-le-corps au Parc, lâchez-moi, délirant, il s'en foutait éperdument, dégueulant, il voudrait avoir un revolver, pourquoi, frérot ? piquant sa crise, pour nous tuer ? oui et aussi celui qui passe pan pan et toi et moi aussi pan pan ; un dimanche il envahit la pelouse de l'hippodrome et avec sa Ford vvvooouuummm il fonçait dans la foule vvvooouuummm qui hurlait et sautait au-dessus des barrières, terrorisée, vvvooouuummm. Au Carnaval, les filles le fuyaient : il les bombardait de projectiles dégueulasses, des gravats, des fruits pourris, des ballons pleins de pipi et il les barbouillait de boue, d'encre, de farine, de savon (pour laver la vaisselle) et de cirage : sauvage, lui disaient-elles, cochon, brute épaisse, animal, et il se pointait à la boum du *Terrazas*, à la fête enfantine du parc de Barranco, au bal du *Lawn Tennis*, sans déguisement, un vaporisateur d'éther à chaque main, tchic-a-tchic schlass, je l'ai touchée, je l'ai touchée à l'œil, ah ah, tchic-a-tchic schlass, je l'ai aveuglée, ah ah, ou muni d'une canne pour la balancer dans les pieds des couples et les faire tomber : patatras. Il se bagarrait, on le frappait, parfois nous le défendions mais ça ne lui sert jamais de leçon, disions-nous, un de ces jours on va le tuer.

Ses folies lui donnèrent mauvaise réputation et Ouistiti, frérot, il faut que tu changes, Fufu, Petit-Zizi, tu deviens antipathique, Marlou, les filles ne voulaient plus se joindre à lui, elles te prenaient pour un bandit, un snob et un casse-pieds.

El, a veces tristón, era la última vez, cambiaría, palabra de honor, y a veces matón, ¿ bandido, ah sí ?, ¿ eso decían de mí las rajonas ?, no le importaba, las pituquitas se las pasaba, le resbalaban, por aquí.

En la fiesta de promoción — de etiqueta, dos orquestas, en el Country Club —, el único ausente de la clase fue Cuéllar. No seas tonto, le decíamos, tienes que venir, nosotros te buscamos una hembrita, Pusy ya le habló a Margot, Fina a Ilse, la China a Elena, Chabuca a Flora, todas querían, se morían por ser tu pareja, escoge y ven a la fiesta. Pero él no, qué ridículo ponerse smoking, no iría, que más bien nos juntáramos después. Bueno Pichulita, como quisiera, que no fuera, eres contra el tren, que nos esperara en *El chasqui* a las dos, dejaríamos a las muchachas en sus casas, lo recogeríamos y nos iríamos a tomar unos tragos, a dar unas vueltas por ahí, y él tristoncito eso sí.

Lui, parfois l'air triste, c'était la dernière fois, il allait changer, parole d'honneur, et parfois l'air provocant, bandit, ah oui ? c'est ce qu'elles disaient de moi ces petites connes ? il s'en foutait, les pimbêches il en avait ras le bol, jusqu'ici.

A la fête de promotion — tenue de soirée, deux orchestres, au *Country Club* —, le seul absent de la classe fut Cuéllar. Ne fais pas l'idiot, lui disions-nous, tu dois venir, nous allons te dégoter une fille, Pusy en a déjà parlé à Margot, Fina à Ilse, China à Elena, Chabuca à Flora, elles voulaient toutes, elles mouraient d'envie d'être ta cavalière, choisis et viens à la fête. Mais lui non, c'est ridicule de se mettre en smoking, il n'irait pas, qu'on se retrouve plutôt après. Bon Petit-Zizi, comme il voudra, qu'il n'y aille pas, t'es pas dans le coup, qu'il nous attende au *Chasqui* à deux heures, nous déposerions les filles chez elles, nous viendrions le prendre et nous irions boire quelques verres, faire un tour par là, et lui infiniment triste ça oui.

# IV

Al año siguiente, cuando Chingolo y Mañuco estaban ya en Primero de Ingeniería, Lalo en Pre-Médicas y Choto comenzaba a trabajar en la *Casa Wiese*[1] y Chabuca ya no era enamorada de Lalo sino de Chingolo y la China ya no de Chingolo sino de Lalo, llegó a Miraflores Teresita Arrarte : Cuéllar la vio y, por un tiempo al menos, cambió. De la noche a la mañana dejó de hacer locuras y de andar en mangas de camisa, el pantalón chorreado y la peluca revuelta. Empezó a ponerse corbata y saco, a peinarse con montaña a lo Elvis Presley y a lustrarse los zapatos : qué te pasa, Pichulita, estás que no se te reconoce, tranquilo chino. Y él nada, de buen humor, no me pasa nada, había que cuidar un poco la pinta ¿ no ?, soplándose sobándose las uñas, parecía el de antes. Qué alegrón, hermano, le decíamos, qué revolución verte así, ¿ no será que ? y él, como una melcocha, a lo mejor, ¿ Teresita ?, de repente pues, ¿ le gustaba ?, puede que sí, como un chicle, puede que sí.

1. Grande banque du Pérou.

# IV

L'année suivante, quand Ouistiti et Marlou entraient déjà à l'École d'ingénieurs, Lalo en première année de Médecine et Fufu commençait à travailler à la *Casa Wiese*, quand Chabuca n'était plus amoureuse de Lalo mais d'Ouistiti et China plus d'Ouistiti mais de Lalo, Teresita Arrarte arriva à Miraflores : Cuéllar la vit et, pour un temps du moins, il changea. Il cessa du jour au lendemain de faire des bêtises et de se balader en bras de chemise, le pantalon dégueulasse et les cheveux en désordre. Il se mit à porter cravate et veston, à se peigner avec des crans à la Elvis Presley et à cirer ses chaussures : qu'est-ce qui t'arrive, Petit-Zizi, on ne te reconnaît plus, du calme mon vieux. Et lui rien, de bonne humeur, je n'ai rien, il fallait soigner un peu son allure non ? soufflant sur ses ongles, les frottant, il était comme avant. Qu'est-ce que t'es joyeux, frérot, lui disions-nous, c'est une vraie révolution, ne serait-ce pas que ? et lui, comme du miel, peut-être, Teresita ? tout d'un coup, elle lui plaisait ? peut-être bien que oui, comme du chewing-gum, peut-être bien que oui.

De nuevo se volvió sociable, casi tanto como de chiquito. Los domingos aparecía en la misa de doce (a veces lo veíamos comulgar) y a la salida se acercaba a las muchachas del barrio ¿cómo están?, qué hay Teresita, ¿íbamos al Parque?, que nos sentáramos en esa banca que había sombrita. En las tardes, al oscurecer, bajaba a la Pista de Patinaje y se caía y se levantaba, chistoso y conversador, ven ven Teresrita, él le iba a enseñar, ¿y si se caía?, no qué va, él le dariá la mano, ven ven, una vueltecita nomás, y ella bueno, coloradita y coqueta, una sola pero despacito, rubiecita, potoncita y con sus dientes de ratón, vamos pues. Le dio también por frecuentar el *Regatas*[1], papá, que se hiciera socio, todos sus amigos iban y su viejo okey, compraré una acción, ¿iba a ser boga, muchacho?, sí, y el Bowling de la Diagonal. Hasta se daba sus vueltas los domingos en la tarde por el Parque Salazar, y se lo veía siempre risueño, Teresita ¿sabía en qué se parecía un elefante a Jésús?, servicial, ten mis anteojos, Teresita, hay mucho sol, hablador, ¿qué novedades, Teresita, por tu casa todos bien? y convidador ¿un hot-dog, Teresita, un sandwichito[2], un milk-shake?

Ya está, decía Fina, le llegó su hora, se enamoró. Y Chabuca qué templado estaba, la miraba a Teresita y se le caía la baba, y ellos en las noches, alrededor de la mesa de billar, mientras lo esperábamos ¿le caerá?, Choto ¿se atreverá?, y Chingolo ¿Tere sabrá?

1. Club très fermé de Chorrillos, le quartier résidentiel au sud-ouest de Miraflores.
2. Expression typiquement « huachafa » — à la fois prétentieuse et ridicule — de la classe moyenne liménienne.

Il redevint sociable, presque autant que lorsqu'il était petit. Il allait le dimanche à la messe de midi (nous le voyions parfois communier) et à la sortie il s'approchait des jeunes filles du quartier comment allez-vous ? ça va Teresita, on va au Parc ? s'asseoir sur ce banc où il y a de l'ombre. Le soir, quand il commençait à faire nuit, il allait à la piste de patinage, il tombait et se relevait, blagueur et disert, viens viens Teresita, il allait lui apprendre, et si elle tombait ? allons donc, il lui donnerait la main, viens viens rien qu'un petit tour, et elle bon, empourprée et coquette, une seule fois mais tout doucement, blondinette, avec son petit popotin et ses dents de souris, allons-y. Il se mit aussi à fréquenter le *Regatas*, papa, il fallait qu'il adhère, tous ses amis étaient membres et son vieux O.K., j'achèterai une action, il allait faire de l'aviron, mon gars ? oui, et le bowling de la Diagonale. Il faisait même sa petite promenade le dimanche après-midi dans le parc Salazar, et on le voyait toujours souriant. Teresita savait-elle la différence qu'il y avait entre un éléphant et Jésus ? prévenant, tiens mes lunettes, Teresita, il y a beaucoup de soleil, causeur, quelles nouvelles, Teresita, tout le monde va bien chez toi ? et attentionné un hot-dog, Teresita, un petit sandwich, un milk-shake ?

Ça y est, disait Fina, son heure est venue, il est amoureux. Et Chabuca ce qu'il était épris, il regardait Teresita et la bave lui coulait, et eux le soir, autour de la table de billard, tandis que nous l'attendions, la lèvera-t-il ? Fufu osera-t-il ? et Ouistiti Tere est-elle au courant ?

Pero nadie se lo preguntaba de frente y él no se daba por enterado con las indirectas, ¿viste a Teresita?, sí, ¿fueron al cine?, a la de Ava Gardner, a la matiné, ¿y qué tal?, buena, bestial, que fuéramos, no se la pierdan. Se quitaba el saco, se arremangaba la camisa, cogía el taco, pedía cerveza para los cinco, jugaba y una noche, luego de una carambola real, a media voz, sin mirarnos : ya está, lo iban a curar. Marcó sus puntos, lo iban a operar, y ellos ¿qué decía, Pichulita?, ¿de veras te van a operar?, y él como quien no quiere la cosa ¿qué bien, no? Se podía, sí, no aquí sino en Nueva York, su viejo lo iba a llevar, y nosotros qué magnífico, hermano, qué formidable, qué notición, ¿cuándo iba a viajar?, y él pronto, dentro de un mes, a Nueva York, y ellos que se riera, canta, chilla, ponte feliz, hermanito, qué alegrón. Sólo que no era seguro todavía, había que esperar una respuesta del doctor, mi viejo ya le escribió, no un doctor sino un sabio, un cráneo de esos que tienen allá y él, papá, ¿ya llegó?, no, y al día siguiente ¿hubo correo, mamá?, no corazón, cálmate, ya llegará, no había que ser impaciente y por fin llegó y su viejo lo agarró del hombro : no, no se podía, muchacho, había que tener valor. Hombre, qué lástima, le decían ellos, y él pero puede que en otras partes sí, en Alemania por ejemplo, en París, en Londres, su viejo iba a averiguar, a escribir mil cartas, se gastaría lo que no tenía, muchacho, y viajaría, lo operarían y se curaría, y nosotros claro, hermanito, claro que sí, y cuando se iba, pobrecito, daban ganas de llorar.

Mais personne ne le lui demandait en face et il ne se sentait pas visé par les allusions indirectes, tu as vu Teresita ? oui, ils sont allés au cinéma ? le film d'Ava Gardner, en matinée, et qu'est-ce que ça vaut ? extra, terrible, il fallait y aller, ne le manquez pas. Il tombait la veste, retroussait ses manches, prenait sa queue de billard, commandait de la bière pour les cinq, ils jouaient et un soir, après un magnifique carambolage, à mi-voix, sans nous regarder : ça y est, on allait le guérir. Il marqua ses points, on allait l'opérer, et eux que disait-il, Petit-Zizi ? c'est vrai qu'on va t'opérer ? et lui prenant un air détaché, pas mal, hein ? C'était possible, oui, pas ici mais à New York, son vieux allait l'y mener, et nous mais c'est magnifique, frérot, c'est formidable, quelle grande nouvelle, quand le départ ? et lui bientôt, dans un mois, à New York, et eux qu'il rie, chante, crie, sois heureux, petit frère, quelle joie. Sauf que ce n'était pas encore sûr, il fallait attendre une réponse du docteur, mon vieux lui a déjà écrit, pas un docteur mais un savant, un cerveau comme il y en a là-bas et lui, papa elle est arrivée ? non, et le lendemain il y a eu du courrier, maman ? non mon cœur, calme-toi, ça ne va pas tarder, il ne fallait pas être impatient et à la fin la lettre arriva et son vieux le prit par les épaules : non, ça n'était pas possible, mon gars, il fallait avoir du courage. Oh, quel dommage, lui disaient-ils, et lui mais il se peut qu'ailleurs, en Allemagne par exemple, à Paris, à Londres, son vieux allait se renseigner, écrire des centaines de lettres, il ferait l'impossible, mon gars, et il partirait, on l'opére-rait et il guérirait, et nous bien sûr, petit frère, bien sûr que si, et quand il s'en allait, le pauvre, on avait envie de pleurer.

Choto : en qué maldita hora vino Teresita al barrio, y Chingolo él se había conformado y ahora está desesperado y Mañuco pero a lo mejor más tarde, la ciencia adelantaba tanto ¿no es cierto?, descubrirían algo y Lalo no, su tío el médico le había dicho no, no hay forma, no tiene remedio y Cuéllar ¿ya papá?, todavía, ¿de París, mamá?, ¿y si de repente en Roma?, ¿de Alemania, ya?

Y entretanto comenzó de nuevo a ir a fiestas y, como para borrar la mala fama que se había ganado con sus locuras de rocanrolero y comprarse a las familias, se portaba en los cumpleaños y salchicha-parties como un muchacho modelo : llegaba puntual y sin tragos, un regalito en la mano, Chabuquita, para ti, feliz cumplete, y estas flores para tu mamá, dime ¿vino Teresita? Bailaba muy tieso, muy correcto, pareces un viejo, no apretaba a su pareja, a las chicas que planchaban ven gordita vamos a bailar, y conversaba con las mamás, los papás, y atendía sírvase señora a las tías, ¿le paso un juguito?, a los tíos ¿un traguito?, galante, qué bonito su collar, cómo brillaba su anillo, locuaz, ¿fue a las carreras, señor, cuándo se saca el pollón? y piropeador, es usted una criolla de rompe y raja, señora, que le enseñara a quebrar así, don Joaquín, qué daría por bailar tan bien.

Cuando estábamos conversando, sentados en una banca del Parque, y llegaba Teresita Arrarte, en una mesa del *Cream Rica*, Cuéllar cambiaba, o en el barrio, de conversación : quiere asombrarla, decían, hacerse pasar por un cráneo, la trabaja por la admiración.

Fufu : Teresita a été bien mal inspirée en s'installant dans le quartier, et Ouistiti il s'était résigné et le voilà maintenant désespéré et Marlou mais peut-être que plus tard, la science fait tant de progrès, n'est-il pas vrai ? on découvrirait quelque chose et Lalo non, son oncle le médecin lui avait dit non, il n'y a pas moyen, c'est sans remède et Cuéllar alors papa ? pas encore, de Paris, maman ? et si peut-être à Rome ? d'Allemagne, alors ?

Et en attendant il recommença à aller en surprise-partie et, comme pour effacer la mauvaise réputation qu'il avait acquise avec ses folies de bringueur et se gagner les familles, il se comportait lors des anniversaires et des saucisses-parties comme un garçon modèle : il arrivait à l'heure et à jeun, un petit cadeau à la main, Chabuquita, pour toi, joyeux annive, et ces fleurs pour ta mère, dis-moi Teresita est arrivée ? Il dansait très raide, très correct, on dirait un vieux, il ne serait pas sa cavalière, les filles qui faisaient tapisserie viens ma grosse nous allons danser, et il bavardait avec les mamans, les papas, et était prévenant servez-vous madame envers les tantes, voulez-vous un jus de fruits ? envers les oncles, un petit coup ? galant, il est mignon votre collier, ce qu'elle brille votre bague, loquace, êtes-vous allé aux courses, monsieur, avez-vous gagné le gros lot ? et baratineur, vous êtes une Péruvienne qui n'a pas froid aux yeux, madame, apprenez-moi à briser les cœurs comme ça, don Joaquín, que ne donnerait-il pour danser comme ça.

Quand nous étions en train de parler, assis sur un banc du Parc, et qu'arrivait Teresita Arrarte, à une table du *Cream Rica*, Cuéllar changeait, ou au quartier, de conversation : il veut l'étonner, disaient-ils, se faire passer pour un cerveau, il la travaille par l'admiration.

Hablaba de cosas raras y difíciles : la religión (¿ Dios que era todopoderoso podía acaso matarse siendo inmortal ?, a ver, quién de nosotros resolvía el truco), la política (Hitler no fue tan loco como contaban, en unos añitos hizo de Alemania un país que se le emparó a todo el mundo ¿ no ?, qué pensaban ellos), el espiritismo (no era cosa de superstición sino ciencia, en Francia había mediums en la Universidad y no sólo llaman a las almas, también las fotografían, él había visto un libro, Teresita, si quería lo conseguía y te lo presto). Anunció que iba a estudiar : el año próximo entraría a la Católica y ella disforzada qué bien, ¿ qué carrera iba a seguir ? y le metía por los ojos sus manitas blancas, seguiría abogacía, sus deditos gordos y sus uñas largas, ¿ abogacía ? ¡ uy, qué feo !, pintadas color natural, entristeciéndose y él pero no para ser picapleitos sino para entrar a Torre Tagle y ser diplomático, alegrándose, manitas, ojos, pestañas, y él sí, el Ministro era amigo de su viejo, ya le había hablado, ¿ diplomático ?, boquita, ¡ uy, qué lindo ! y él, derritiéndose, muriéndose, por supuesto, se viajaba tanto, y ella también eso y además uno se pasaba la vida en fiestas : ojitos.

El amor hace milagros, decía Pusy, qué formalito se ha puesto, qué caballerito. Y la China : pero era un amor de lo más raro, ¿ si estaba tan templado de Tere por qué no le caía de una vez ?, y Chabuca eso mismo ¿ qué esperaba ?, ya hacía más de dos meses que la perseguía y hasta ahora mucho ruido y pocas nueces, qué tal plan. Ellos, entre ellos, ¿ sabrán o se harán ?,

Il parlait de choses étranges et difficiles : la religion (Dieu qui était tout-puissant pouvait-il par hasard se tuer étant immortel ? voyons, qui de nous trouvait la solution), la politique (Hitler ne fut pas aussi fou qu'on le dit, en quelques années il fit de l'Allemagne un pays qui défia le monde entier, non ? qu'en pensaient-ils), le spiritisme (ce n'était pas de la superstition mais de la science, en France il y avait des médiums à l'Université et ils ne se contentent pas d'appeler les âmes, ils les photographient aussi, il avait vu un livre, Teresita, si elle voulait il se le procurerait et je te le prête). Il annonça qu'il allait étudier : l'an prochain il entrerait à la Catho et elle toute maniérée c'est bien, quelle carrière allait-il suivre ? et elle lui mettait sous les yeux ses menottes blanches, le barreau, ses petits doigts boudinés et ses ongles longs, le barreau ? oh, que c'est laid ! peints au vernis naturel, devenant triste et lui pas pour être un avocaillon mais pour entrer au ministère des Affaires étrangères et devenir diplomate, devenant gaie, menottes, yeux, cils, et lui oui, le Ministre était l'ami de son vieux, il lui avait déjà parlé, diplomate ? frimousse, oh, que c'est bien ! et lui, fondant, mourant d'amour, bien sûr, on voyageait tant, et elle il y a cela aussi et en plus on passait sa vie en fêtes : œillades.

L'amour fait des miracles, disait Pusy, ce qu'il est devenu sérieux, et charmant. Et China : mais c'était un amour bien bizarre, s'il était si mordu pour Tere pourquoi ne se déclarait-il pas une bonne fois ? et Chabuca c'est exactement ça qu'attendait-il ? cela faisait plus de deux mois qu'il la poursuivait de ses assiduités et jusqu'à présent beaucoup de bruit pour rien, tu parles d'un flirt. Eux, entre eux, savent-elles ou font-elles semblant ?

pero frente a ellas lo defendíamos disimulando : despacito se iba lejos, muchachas. Es cosa de orgullo, decía Chingolo, no querrá arriesgarse hasta estar seguro que lo va a aceptar. Pero claro que lo iba a aceptar, decía Fina, ¿ no le hacía ojitos, mira a Lalo y la China qué acarameladitos, y le lanzaba indirectas, qué bien patinas, qué rica tu chompa, qué abrigadita y hasta se le declaraba jugando, mi pareja serás tú ? Justamente por eso desconfía, decía Mañuco, con las coquetas como Tere nunca se sabía, parecía y después no. Pero Fina y Pusy no, mentira, ellas le habían preguntado ¿ lo aceptarás ? y ella dio a entender que sí, y Chabuca ¿ acaso no salía tanto con él, en las fiestas no bailaba sólo con él, en el cine con quien se sentaba sino con él ? Más claro no cantaba un gallo : se muere por él. Y la China más bien tanto esperar que le cayera se iba a cansar, aconséjenle que de una vez y si quería una oportunidad se la daríamos, una fiestecita por ejemplo el sábado, bailarían un ratito, en mi casa o en la de Chabuca o donde Fina, nos saldríamos al jardín y los dejarían solos a los dos, qué más podía pedir. Y en el billar : no sabían, qué inocentes, o qué hipócritas, sí sabían y se hacían.

Las cosas no pueden seguir así, dijo Lalo un día, lo tenía como a un perro, Pichulita se iba a volver loco, se podía hasta morir de amor, hagamos algo, ellos sí pero qué, y Mañuco averiguar si de veras Tere se muere por él o era cosa de coquetería.

mais devant elles nous le défendions en dissimulant : petit à petit l'oiseau fait son nid, mesdemoiselles. C'est une question d'amour-propre, disait Ouistiti, il ne voudra pas prendre de risque avant d'être sûr qu'elle va l'accepter. Mais bien sûr qu'elle allait l'accepter, disait Fina, ne lui faisait-elle pas les yeux doux, regarde Lalo et China ce qu'ils sont mielleux, et elle lui faisait des appels du pied, ce que tu patines bien, quel joli pull tu as, ce que t'es bien nippé et même elle se déclarait en jouant, est-ce que tu seras mon cavalier ? C'est justement pour cela qu'il n'a pas confiance, disait Marlou, avec les coquettes comme Tere on ne savait jamais, cela semble marcher et puis non. Mais Fina et Pusy non, mensonge, elles lui avaient demandé l'accepteras-tu ? et elle avait laissé entendre que oui, et Chabuca est-ce qu'elle ne sortait pas souvent avec lui, est-ce que dans les surprises-parties elle ne dansait pas seulement avec lui, au cinéma avec qui allait-elle si ce n'est avec lui ? Ça ne peut pas être plus clair : elle est folle de lui. Et China à force de tant attendre qu'il se déclare elle va finir par se fatiguer, poussez-y-le une bonne fois et s'il voulait une occasion nous la lui donnerions, une petite boum par exemple samedi, ils danseraient un petit peu, chez moi ou chez Chabuca ou chez Fina, nous sortirions dans le jardin et les laisserions seuls tous les deux, quoi de mieux. Et au billard : elles ne savaient pas, les innocentes, ou plutôt les hypocrites, elles savaient et faisaient semblant.

Ça ne peut pas durer comme ça, dit Lalo un jour, elle le tenait comme un chien, Petit-Zizi allait devenir fou, il pouvait même mourir d'amour, faisons quelque chose, eux oui mais quoi, et Marlou voir si c'est vrai que Tere est folle de lui ou si c'est de la coquetterie.

Fueron a su casa, le preguntamos, pero ella sabía las de Quico y Caco, nos come a los cuatro juntos, decían. ¿Cuéllar?, sentadita en el balcón de su casa, pero ustedes no le dicen Cuéllar sino una palabrota fea, balanceándose para que la luz del poste le diera en las piernas, ¿se muere por mí?, no estaban mal, ¿cómo sabíamos? Y Choto no te hagas, lo sabía y ellos también y las chicas y por todo Miraflores lo decían y ella, ojos, boca, naricita, ¿de veras?, como si viera a un marciano: primera noticia. Y Mañuco anda Teresita, que fuera franca, a calzón quitado, ¿no se daba cuenta cómo la miraba? Y ella ay, ay, ay, palmoteando, manitas, dientes, zapatitos, que miráramos, ¡una mariposa!, que corriéramos, la cogiéramos y se la trajéramos. La miraría, sí, pero como un amigo y, además, qué bonita, tocándole las alitas, deditos, uñas, vocecita, la mataron, pobrecita, nunca le decía nada. Y ellos qué cuento, qué mentira, algo le diría, por lo menos la piropearía y ella no, palabra, en su jardín le haría un huequito y la enterraría, un rulito, el cuello, las orejitas, nunca, nos juraba. Y Chingolo ¿no se daba cuenta acaso cómo la seguía?, y Teresita la seguiría pero como amigo, ay, ay, ay, zapateando, puñitos, ojazos, no estaba muerta la bandida ¡se voló!, cintura y tetitas, pues, si no, siquiera le habría agarrado la mano, ¿no? o mejor dicho intentado ¿no?, ahí está, ahí, que corriéramos, o se le habría declarado ¿no?, y de nuevo la cogiéramos: es que es tímido, decía Lalo, ténla pero, cuidadito,

Ils allèrent chez elle, nous l'interrogeâmes, mais elle savait de quoi il retournait, elle nous met tous les quatre dans sa poche, disaient-ils. Cuéllar ? assise sur le balcon de sa maison, vous ne l'appelez pas Cuéllar mais d'un vilain mot, se balançant pour que la lumière du lampadaire tombe sur ses jambes, il est fou de moi ? qui n'étaient pas mal, comment le savions-nous ? Et Fufu ne fais pas l'innocente, elle le savait et eux aussi et les filles et on le répétait dans tout Miraflores et elle, yeux, bouche, frimousse, c'est vrai ? comme si elle voyait un Martien : première nouvelle. Et Marlou allons Teresita, il fallait être franche, jouer cartes sur table, ne voyait-elle pas comment il la regardait ? Et elle oh là là, tapant des mains, menottes, dents, sandalettes, que nous regardions, un papillon ! courions, l'attrapions et le lui ramenions. Il la regardait, c'est vrai, mais comme un ami et, aussi, que c'est mignon, lui caressant les ailes, petits doigts, ongles, voix fluette, il est mort, le pauvre, il ne lui disait jamais rien. Et eux c'est des histoires, des mensonges, il lui disait bien quelque chose, il la baratinait au moins et elle non, parole, elle creuserait un petit trou dans son jardin et elle l'enterrerait, une bouclette, le cou, minuscules oreilles, jamais, nous jurait-elle. Et Ouistiti ne voyait-elle donc pas comme il la suivait ? et Teresita il la suivait peut-être mais comme un ami, oh là là, trépignant, petits poings, grands yeux, il n'était pas mort le bandit il s'est envolé ! taille fine et tétins, car, alors il lui aurait pris la main, non ? ou du moins il aurait essayé, non ? le voilà, là, que nous courions, ou il se serait déclaré, non ? et l'attrapions à nouveau : c'est qu'il est timide, disait Lalo, tiens-le mais, attention,

te vas a manchar, y no sabe si lo aceptarás, Teresita, ¿ lo iba a aceptar ? y ella aj, aj, arruguitas, frentecita, la mataron y la apachurraron, un hoyito en los cachetes, pestañitas, cejas, ¿ a quién ? y nosotros cómo a quién y ella mejor la botaba, así como estaba, toda apachurrada, para qué la iba a enterrar : hombritos. ¿ Cuéllar ?, y Mañuco sí, ¿ le daba bola ?, no sabía todavía y Choto entonces sí le gustaba, Teresita, sí le daba bola, y ella no había dicho eso, sólo que no sabía, ya vería si se presentaba la ocasión pero seguro que no se presentaría y ellos a que sí. Y Lalo ¿ le parecía pintón ?, y ella ¿ Cuéllar ?, codos, rodillas, sí, era un poquito pintón ¿ no ? y nosotros ¿ ves, ves cómo le gustaba ? y ella no había dicho eso, no, que no le hiciéramos trampas, miren, la mariposita brillaba entre los geranios del jardín ¿ o era otro bichito ?, la punta del dedito, el pie, un taconcito blanco. Pero por qué tenía ese apodo tan feo, éramos muy malcriados, por qué no le pusieron algo bonito como al Pollo, a Boby, a Supermán o al Conejo Villarán, y nosotros sí le daba, sí le daba ¿ veía ?, lo compadecía por su apodo, entonces sí lo quería, Teresita, y ella ¿ quería ?, un poquito, ojos, carcajadita, sólo como amigo, claro. Se hace la que no, decíamos, pero no hay duda que sí : que Pichulita le caiga y se acabó, hablémosle. Pero era difícil y no se atrevían.

Y Cuéllar, por su parte, tampoco se decidía : seguía noche y días detrás de Teresita Arrarte, contemplándola, haciéndole gracias,

tu vas te salir, et il ne sait pas si tu vas l'accepter, Teresita, allait-elle l'accepter ? et elle oh, oh, ridules, front plissé, ils l'ont tué et écrabouillé, une fossette aux joues, jeu de cils, sourcils, qui ça ? et nous comment qui ça et ça il valait mieux le jeter, tel quel, tout écrabouillé, pourquoi l'enterrer : haussement d'épaules. Cuéllar ? et Marlou oui, il lui plaisait ? elle ne savait pas encore et Fufu alors c'est qu'il lui bottait, Teresita, oui il lui plaisait, et elle elle n'avait pas dit cela, seulement qu'elle ne savait pas, elle verrait bien si l'occasion se présentait mais elle ne se présenterait sûrement pas et eux chiche que oui. Et Lalo, elle le trouvait mignon ? et elle Cuéllar ? coudes, genoux, oui, il était assez mignon non ? et nous tu vois, tu vois qu'il lui plaisait ? et elle elle n'avait pas dit cela, non, que nous ne nous moquions pas d'elle, tenez, le papillon brillait entre les géraniums du jardin ou était-ce une autre bébête ? le bout du petit doigt, le pied, une talonnette blanche. Mais pourquoi avait-il ce surnom si laid, nous étions bien mal élevés, pourquoi ne l'appelaient-ils pas d'un plus joli nom comme Poulet, Bobby, Superman ou Conejo Villarán, et nous oui il lui bottait, il lui bottait elle voyait bien ? elle le plaignait pour son surnom, alors c'est qu'elle l'aimait, Teresita, et elle elle l'aimait ? un petit peu, yeux, risettes, seulement comme ami, bien sûr. Elle fait celle qui ne sait pas, disions-nous, mais il n'y a pas de doute à avoir : que Petit-Zizi se déclare un point c'est tout, parlons-lui. Mais c'était difficile et ils n'osaient pas.

Et Cuéllar, de son côté, ne se décidait pas non plus : il était nuit et jour pendu à Teresita Arrarte, la contemplant, lui faisant des risettes,

mimos y en Miraflores los que no sabían se burlaban de
él, calentador, le decían, pura pinta, perrito faldero y
las chicas le cantaban *Hasta cuando, hasta cuando* para
avergonzarlo y animarlo. Entonces, una noche lo
llevamos al *Cine Barranco* y, al salir, hermano, vámo-
nos a *La Herradura* en tu poderoso Ford y él okey, se
tomarían unas cervezas y jugarían futbolín, regio.
Fuimos en su poderoso Ford, roncando, patinando en
las esquinas y en el Malecón de Chorrillos un cachaco
los paró, íbamos a más de cien, señor, cholito, no seas
así, no había que ser malito, y nos pidió brevete y
tuvieron que darle una libra, ¿ señor ?, tómate unos
piscos a nuestra salud, cholito, no hay que ser malito, y
en *La Herradura* bajaron y se sentaron en una mesa de
*El Nacional :* qué cholada, hermano, pero esa huacha-
fita no estaba mal y cómo bailan, era más chistoso que
el circo. Nos tomamos dos *Cristales* y no se atrevían,
cuatro y nada, seis y Lalo comenzó. Soy tu amigo,
Pichulita, y él se rió ¿ borracho ya ? y Mañuco te
queremos mucho, hermano, y él ¿ ya ?, riéndose,
¿ borrachera cariñosa tú también ? y Chingolo : querían hablarle, hermano, y también aconsejarlo. Cuéllar
cambió, palideció, brindó, qué graciosa esa pareja
¿ no ?, él un renacuajo y ella una mona ¿ no ?, y Lalo
para qué disimular, patita, ¿ te mueres por Tere, no ? y
él tosió, estornudó, y Mañuco, Pichulita, dinos la
verdad ¿ sí o no ? y él se rió, tristón y temblón, casi no
se le oyó : ssse mmmoría, sssí. Dos *Cristales* más y
Cuéllar no sabía qqqué iba a hacer, Choto, ¿ qué podía
hacer ?

des câlineries et à Miraflores ceux qui ne savaient pas se moquaient de lui, tombeur, lui disaient-ils, beau gosse, coureur de jupons et les filles lui chantaient *Jusqu'à quand, jusqu'à quand* pour lui faire honte et l'encourager. Alors, un soir nous le menâmes au *Cine Barranco* et, à la sortie, frérot, allons à *La Herradura* avec ton bolide et lui d'ac, ils prendraient quelques bières et joueraient au baby-foot, O.K. Nous allâmes dans sa puissante Ford, pétaradant, crissant dans les virages et sur le Front de mer de Chorrillos un motard les arrêta, nous allions à plus de cent, monsieur, mon vieux, ne sois pas comme ça, fallait pas être vache, et il nous demanda nos papiers et ils durent lui glisser la pièce, monsieur ? prends quelques verres à notre santé, mon vieux, fallait pas être vache, et à *La Herradura* ils descendirent et s'assirent à une table du *Nacional* : toutes ces petites pépées, mon frère, mais cette mignonne pimbêche n'était pas mal et comme elles dansent, on se croyait au cirque. Nous prîmes deux bières « Cristal » et ils n'osaient pas, quatre et toujours rien, six et Lalo commença. Je suis ton ami, Petit-Zizi, et il rit déjà saoul ? et Marlou nous t'aimons bien, frérot, et lui vrai ? riant, une cuite affectueuse toi aussi ? et Ouistiti : ils voulaient lui parler, frérot, et aussi le conseiller. Cuéllar changea, pâlit, trinqua, joli ce couple non ? lui on dirait un têtard et elle une guenon, non ? et Lalo pourquoi dissimuler, petit vieux, tu es fou de Tere, non ? et il toussa, éternua, et Marlou, Petit-Zizi, dis-nous la vérité oui ou non ? et il se mit à rire, triste, tremblant, c'est à peine si on l'entendit : vvvoui, fffou d'elle. Deux « Cristal » encore et Cuéllar ne savait cccomment faire, Fufu, que pouvait-il faire ?

y él caerle y él no puede ser, Chingolito, cómo le voy a caer y él cayéndole, patita, declarándole su amor, pues, te va a decir sí. Y él no era por eso, Mañuco, le podía decir sí pero ¿ y después ? Tomaba su cerveza y se le iba la voz y Lalo después sería después, ahora cáele y ya está, a lo mejor dentro de un tiempo se iba a curar y él, Chotito, ¿ y si Tere sabía, si alguien se lo decía ?, y ellos no sabía, nosotros ya la confesamos, se muere por ti y a él le volvía la voz ¿ se muere por mí ? y nosotros sí, y él claro que tal vez dentro de un tiempo me puedo curar ¿ nos parecía que sí ? y ellos sí, sí, Pichulita, y en todo caso no puedes seguir así, amargándose, enflaqueciéndote, chupándose : que le cayera de una vez. Y Lalo ¿ cómo podía dudar ? Le caería, tendría enamorada y él ¿ qué haría ? y Choto tiraría plan y Mañuco le agarraría la mano y Chingolo la besaría y Lalo la paletearía su poquito y él ¿ y después ? y se le iba la voz y ellos ¿ después ?, y él después, cuando crecieran y tú te casaras, y él y tú y Lalo : qué absurdo, cómo ibas a pensar en eso desde ahora, y además es lo de menos. Un día la largaría, le buscaría pleito con cualquier pretexto y pelearía y así todo se arreglaría y él, queriendo y no queriendo hablar : justamente era eso lo que no quería, porque, porque la quería. Pero un ratito después — diez *Cristales* ya — hermanos, teníamos razón, era lo mejor : le caeré, estaré un tiempo con ella y la largaré.

Pero las semanas corrían y nosotros cuándo, Pichulita, y él mañana, no se decidía,

et lui te déclarer, et lui ce n'est pas possible, Ouistiti, comment vais-je me déclarer et lui en te déclarant, petit vieux, en lui disant que tu l'aimes, eh bien elle va te dire oui. Et lui ce n'était pas pour ça, Marlou, elle pouvait lui dire oui mais et après ? Il avalait sa bière et sa voix se brisait et Lalo après c'est après, pour le moment lève-la voilà tout, peut-être que dans pas longtemps il allait guérir et lui, Petit-Fufu, et si Tere l'apprenait, si quelqu'un lui disait ? et eux elle ne savait pas, nous lui avons tiré les vers du nez, elle est folle de toi alors la voix lui revenait elle est folle de moi ? et nous oui, et lui bien sûr que dans pas longtemps je peux peut-être guérir cela nous semblait possible ? et eux oui, Petit-Zizi, en tout cas tu ne peux pas continuer comme ça, à te ronger, à maigrir et te miner : qu'il se déclare une bonne fois. Et Lalo comment pouvait-il hésiter ? Il se déclarerait, il aurait une fiancée et lui que ferait-il ? et Fufu il flirterait et Marlou il lui prendrait la main et Ouistiti il l'embrasserait et Lalo il la peloterait un brin et lui et après ? et sa voix se brisait et eux après ? et lui après, quand ils seraient grands et tu te marierais, et lui et toi et Lalo : quelle absurdité, comment vas-tu penser à cela dès à présent, et en plus c'est secondaire. Un jour il la laisserait tomber, il lui ferait une scène sous un prétexte quelconque et se disputerait et ainsi tout serait réglé et lui, voulant et ne voulant pas parler : justement c'est ce qu'il ne voulait pas, parce que, parce qu'il l'aimait. Mais un moment après — dix « Cristal » déjà — les gars, nous avions raison, c'était la meilleure solution : je la lèverai, je resterai un moment avec elle puis je la laisserai tomber.

Mais les semaines passaient et nous quand, Petit-Zizi, et lui demain, il ne se décidait pas,

le caería mañana, palabra, sufriendo como nunca lo vieron antes ni después, y las chicas *estás perdiendo el tiempo, pensando, pensando* cantándole el bolero *Quizás, quizás, quizás*. Entonces le comenzaron las crisis : de repente tiraba el taco al suelo en el Billar, ¡ cáele, hermano !, y se ponía a requintar a las botellas o a los puchos, y le buscaba lío a cualquiera o se le saltaban las lágrimas, mañana, esta vez era verdad, por su madre que sí : me le declaro o me mato. *Y así pasan los días, y tú desesperando* ... y él se salía de la vermuth y se ponía a caminar, a trotar por la Avenida Larco, déjenme, como un caballo loco, y ellos detrás, váyanse, quería estar solo, y nosotros cáele, Pichulita, no sufras, cáele, cáele, *quizás, quizás, quizás*. O se metía en *El Chasqui* y tomaba, qué odio sentía, Lalo, hasta emborracharse, qué terrible pena, Chotito, y ellos lo acompañaban, ¡ tengo ganas de matar, hermano !, y lo llevábamos medio cargado hasta la puerta de su casa, Pichulita, decídete de una vez, cáele, y ellas mañana y tarde *por lo que tú más quieras, hasta cuándo, hasta cuándo*. Le hacen la vida imposible, decíamos, acabará borrachín, forajido, locumbeta.

Así terminó el invierno, comenzó otro verano y con el sol y el calor llegó a Miraflores un muchacho de San Isidro que estudiaba arquitectura, tenía un Pontiac y era nadador : Cachito [1] Arnilla. Se arrimó al grupo y al principio ellos le poníamos mala cara y las chicas qué haces tú aquí, quién te invitó, pero Teresita déjenlo, blusita blanca, no lo fundan, Cachito siéntate a mi lado, gorrita de marinero,

---

1. Diminutif péruvien de Nicolás.

je la lèverai demain, parole, souffrant comme jamais ils ne le virent avant ni ensuite, et les filles « *tu perds ton temps, en pensant, en pensant* » lui chantant le boléro « *Qui sait, qui sait, qui sait* ». C'est alors que ses crises commencèrent : il jetait soudain par terre sa queue de billard, tombe-la, frérot ! flanquait en l'air les bouteilles ou les cendriers, et cherchait querelle à n'importe qui ou bien il éclatait en larmes, demain, cette fois c'était vrai, sur sa mère qu'il le ferait : je me déclare ou je me tue. « *Ainsi passent les jours, et tu te désespères...* » et il sortait du cinoche et se mettait à marcher, à trotter sur l'avenue Larco, laissez-moi, comme un cheval fou, et eux derrière, allez-vous-en, il voulait être seul, et nous tombe-la, Petit-Zizi, ne souffre pas, tombe-la, tombe-la, « *qui sait, qui sait, qui sait* ». Ou il se flanquait au *Chasqui* et se biturait, quelle haine il sentait, Lalo, jusqu'à se saouler, quelle terrible peine, Petit-Fufu, et ils l'accompagnaient, j'ai envie de tuer, frérot ! et nous le ramenions en le portant presque jusqu'à la porte de chez lui, Petit-Zizi, décide-toi une bonne fois, tombe-la, et elles du matin au soir « *sur ce que tu aimes le plus, jusqu'à quand, jusqu'à quand* ». Elles lui rendent la vie impossible, disions-nous, il finira ivrogne, voyou, loque.

Ainsi finit l'hiver, un autre été commença et avec le soleil et la chaleur un garçon de San Isidro débarqua à Miraflores, il était élève architecte, avait une Pontiac et savait nager : Cachito Arnilla. Il se colla au groupe et au début ils lui faisaient mauvaise figure et les filles qu'est-ce que tu fous là, qui c'est qui t'a invité, mais Teresita laisse-le, chemisier blanc, ne l'embêtez pas, Cachito assieds-toi près de moi, casquette de marin,

blue jeans, yo lo invité. Y ellos, hermano, ¿ no veía ?, y
él sí, la está siriando, bobo, te la va a quitar, adelántate
o vas muerto, y él y qué tanto que se la quitara y
nosotros ¿ ya no le importaba ? y él qqqué le ibbba a
importar y ellos ¿ ya no la quería ?, qqqué la ibbba a
qqquerer.

Cachito le cayó a Teresita a fines de enero y ella que
sí : pobre Pichulita, decíamos, qué amargada y de Tere
qué coqueta, qué desgraciada, qué perrada le hizo.
Pero las chicas ahora la defendían : bien hecho, de
quién iba a ser la culpa sino de él, y Chabuca ¿ hasta
cuándo iba a esperar la pobre Tere que se decidiera ?, y
la China qué iba a ser una perrada, al contrario, la
perrada se la hizo él, la tuvo perdiendo su tiempo tanto
tiempo y Pusy además Cachito era muy bueno, Fina y
simpático y pintón y Chabuca y Cuéllar un tímido y la
China un maricón.

blue-jeans, c'est moi qui l'ai invité. Et eux, frérot, ne voyait-il pas ? et lui oui, il la draguait, couillon, il va te la souffler, dépêche-toi ou tu es blousé, et lui qu'est-ce que j'en ai à foutre qu'il la lève et nous ça ne lui faisait rien ? et lui qu-qu'est-ce que ça lui fffoutait et eux il ne l'aimait donc plus ? qu-quoi l'aimer qu-quoi.

Cachito leva Teresita à la fin janvier et elle lui dit oui : pauvre Petit-Zizi, disions-nous, quelle déception et de Tere quelle coquette, quel sale coup, quelle saloperie elle lui a faite. Mais les filles maintenant la défendaient : bien fait, à qui la faute, et Chabuca jusqu'à quand allait-elle attendre la pauvre Tere qu'il se décide ? et China comment sale coup, au contraire c'est lui qui lui a fait perdre son temps pendant si longtemps et Pusy en plus Cachito était joli garçon, Fina et sympathique et mignon et Chabuca et Cuéllar timide et China tapette.

# V

Entonces Pichula Cuéllar volvió a las andadas. Qué bárbaro, decía Lalo, ¿corrió olas en Semana Santa? Y Chingolo : olas no, olones de cinco metros, hermano, así de grandes, de diez metros. Y Choto : hacían un ruido bestial, llegaban hasta las carpas, y Chabuca más, hasta el Malecón, salpicaban los autos de la pista y, claro, nadie se bañaba. ¿Lo había hecho para que lo viera Teresita Arrarte?, sí, ¿para dejarlo mal al enamorado?, sí. Por supuesto, como diciéndole Tere fíjate a lo que me atrevo y Cachito a nada, ¿así que era tan nadador?, se remoja en la orillita como las mujeres y las criaturas, fíjate a quién te has perdido, qué bárbaro.

¿Por qué se pondría el mar tan bravo en Semana Santa?, decía Fina, y la China de cólera porque los judíos mataron a Cristo, y Choto ¿los judíos lo habían matado?, él creía que los romanos, qué sonso. Estábamos sentados en el Malecón, Fina, en ropa de baño, Choto, las piernas al aire, Mañuco, los olones reventaban, la China,

# V

Alors Zizi Cuéllar refit marche arrière. Il est gonflé, disait Lalo, il a couru les vagues en pleine Semaine sainte ? Et Ouistiti : pas des vagues, des trombes de cinq mètres, mon frère, des grandes comme ça, de dix mètres. Et Fufu : elles faisaient un boucan du diable, elles arrivaient jusqu'aux cabines, et Chabuca plus loin, jusqu'au Front de mer, elles éclaboussaient les voitures sur la route et, bien sûr, personne ne se baignait. L'avait-il fait pour être vu par Teresita Arrarte ? oui, pour déconsidérer à ses yeux son fiancé ? oui. Absolument, comme pour dire Tere vise un peu ce que j'ose faire et Cachito zéro, c'était ça le fameux nageur ? il fait trempette sur le bord comme les femmes et les enfants, vise un peu ce que tu as perdu, il est gonflé.

Pourquoi la mer était-elle déchaînée pour la Semaine sainte ? disait Fina et China de colère parce que les Juifs ont tué le Christ, et Fufu c'étaient les Juifs qui l'avaient tué ? il croyait que c'étaient les Romains, l'idiot. Nous étions assis sur le Front de mer, Fina, en maillot de bain, Fufu, les jambes à l'air, Marlou, les énormes vagues se brisaient, China,

97

y venían y nos mojaban los pies, Chabuca, qué fría
estaba, Pusy, y qué sucia, Chingolo, el agua negra y la
espuma café, Teresita, llena de yerbas y malaguas y
Cachito Arnilla, y en eso pst pst, fíjense, ahí venía
Cuéllar. ¿ Se acercaría, Teresita ?, ¿ se haría el que no
te veía ? Cuadró el Ford frente al Club de Jazz de *La
Herradura,* bajó, entró a *Las Gaviotas* y salió en ropa de
baño — una nueva, decía Choto, una amarilla, una
Jantsen y Chingolo hasta en eso pensó, lo calculó todo
para llamar la atención ¿ viste, Lalo ? —, una toalla al
cuello como una chalina y anteojos de sol. Miró con
burla a los bañistas asustados, arrinconados entre el
Malecón y la playa y miró los olones alocados y furiosos
que sacudían la arena y alzó la mano, nos saludó y se
acercó. Hola Cuéllar, ¿ qué tal ensartada, no ?, hola,
hola, cara de que no entendía, ¿ mejor hubieran ido a
bañarse a la piscina del *Regatas,* no ?, qué hay, cara de
porqué, qué tal. Y por fin cara de ¿ por los olones ? :
no, qué ocurrencia, qué tenían, qué nos pasaba (Pusy :
la saliva por la boca y la sangre por las venas, ja ja), si el
mar estaba regio así, Teresita ojitos, ¿ lo decía en
serio ?, sí, formidable hasta para correr olas, ¿ estaba
bromeando, no ?, manitas y Cachito ¿ él se atrevería a
bajarlas ?, claro, a puro pecho o con colchón, ¿ no le
creíamos ?, no, ¿ de eso nos reíamos ?, ¿ tenían miedo ?,
¿ de veras ?, y Tere ¿ él no tenía ?, no, ¿ iba a entrar ?,
sí, ¿ iba a correr olas ?, claro : grititos.

et venaient nous mouiller les pieds, Chabuca, qu'elle était froide, Pusy, et sale, Ouistiti, l'eau noire et l'écume café, Teresita, pleine d'algues et de méduses et Cachito Arnilla, et là-dessus pst pst, regardez, voilà Cuéllar. S'approcherait-il, Teresita ? ferait-il celui qui ne te voyait pas ? Il gara sa Ford en face du Club de Jazz de *La Herradura*, il descendit, entra à *Las Gaviotas* et ressortit en maillot — un nouveau, disait Fufu, jaune, un Jantsen et Ouistiti il a pensé même à ça, il a tout calculé pour attirer l'attention, tu as vu, Lalo ? —, une serviette autour du cou comme une écharpe et des lunettes de soleil. Il lança un regard moqueur aux baigneurs timorés, réfugiés entre le Front de mer et la plage, toisa les grosses vagues furieuses et folles qui secouaient le sable, leva la main, nous salua et s'approcha. Salut Cuéllar, quel manque de pot, hein ? salut, salut, l'air de ne pas comprendre, ils auraient mieux fait d'aller se baigner à la piscine du *Regatas*, non ? qu'est-ce que vous avez, l'air de dire pourquoi, comment va. Et enfin l'air de dire ah c'est à cause des vagues ? non, quelle idée, qu'est-ce qu'ils avaient, qu'est-ce qui nous arrivait (Pusy : la salive aux lèvres et le sang dans les veines, ah ah), mais la mer était extra comme ça, Teresita œillades, parlait-il sérieusement ? oui, formidable même pour courir les vagues, il plaisantait, non ? menottes et Cachito oserait-il lui les dévaler ? bien sûr, sur le ventre ou sur un matelas pneumatique, nous ne le croyions pas ? non, c'est de cela que nous riions ? avaient-ils peur ? vraiment ? et Tere lui non ? non, il allait s'aventurer ? oui, il allait courir les vagues ? bien sûr : petits cris.

Y lo vieron quitarse la toalla, mirar a Teresita Arrarte
(¿ se pondría colorada, no ?, decía Lalo, y Choto no,
qué se iba a poner, ¿ y Cachito ?, sí, él se muñequeó) y
bajar corriendo las gradas del Malecón y arrearse al
agua dando un mortal. Y lo vimos pasar rapidito la
resaca de la orilla y llegar en un dos por tres a la
reventazón. Venía una ola y él se hundía y después salía
y se metía y salía, ¿ qué parecía ?, un pescadito, un
bufeo, un gritito, ¿ dónde estaba ?, otro, mírenlo, un
bracito, ahí, ahí. Y lo veían alejarse, desaparecer,
aparecer y achicarse hasta llegar donde empezaban los
tumbos, Lalo, qué tumbos : grandes, temblones, se
levantaban y nunca caían, saltitos, ¿ era esa cosita
blanca ?, nervios, sí. Iba, venía, volvía, se perdía entre
la espuma y las olas y retrocedía y seguía, ¿ qué
parecía ?, un patillo, un barquito de papel, y para verlo
mejor Teresita se paró, Chabuca, Choto, todos,
Cachito también, pero ¿ a qué hora las iba a correr ? Se
demoró pero por fin se animó. Se volteó hacia la playa
y nos buscó y él nos hizo y ellos le hicieron adiós, adiós,
toallita. Dejó pasar uno, dos, y al tercer tumbo lo
vieron, la adivinamos meter la cabeza, impulsarse con
un brazo para pescar la corriente, poner el cuerpo duro
y patalear. La agarró, abrió los brazos, se elevó (¿ un
olón de ocho metros ?, decía Lalo, más, ¿ como el
techo ?, más, ¿ como la catarata del Niágara,
entonces ?, más, mucho más) y cayó con la puntita de
la ola y la montaña de agua se lo tragó y apareció el
olón, ¿ salió, salió ?,

Et ils le virent ôter sa serviette, regarder Teresita Arrarte (elle devait être toute rouge, non? disait Lalo, et Fufu non, pourquoi ça, et Cachito? oui, lui il a fait la grimace) et descendre en courant les marches du Front de mer et se lancer à l'eau en exécutant un saut périlleux. Et nous le vîmes passer à toute allure le ressac du rivage et atteindre en un rien de temps le brisement. Une vague arrivait, il s'enfonçait puis ressortait et replongeait puis réapparaissait, à quoi ressemblait-il? un vrai poisson, un dauphin, petit cri, où était-il? un autre, regardez-le, petit bras, là, là. Et ils le voyaient s'éloigner, disparaître, apparaître et rapetisser jusqu'à atteindre la zone des rouleaux, Lalo, mince de rouleaux : énormes, frémissants, ils se dressaient et ne tombaient jamais, petits sauts, c'était cette minuscule chose blanche? Frissons, oui. Il allait, venait, retournait, se perdait entre l'écume et les vagues, reculait et s'obstinait, à quoi ressemblait-il? un caneton, une barquette en papier, et pour le voir mieux Teresita se dressa, Chabuca, Fufu, tous, Cachito aussi, mais à quelle heure allait-il les courir à la fin? Il hésita mais finalement se décida. Il se retourna vers la plage, nous chercha et il nous fit et ils lui firent adieu, adieu, petite serviette. Il en laissa passer un, deux et au troisième rouleau ils le virent, nous le devinâmes enfonçant sa tête, se pousser d'un bras pour choper le courant, cambrer son corps et battre des pieds. Il l'attrapa, ouvrit les bras, s'éleva (une vague de huit mètres? disait Lalo, plus, comme le toit? plus, comme les chutes du Niagara, alors? plus, beaucoup plus) et il tomba avec la crête de la vague et la montagne d'eau l'avala, la vague se forma, il est sorti, il est sorti?

y se acercó roncando como un avión, vomitando espuma, ¿ ya, lo vieron, ahí está ?, y por fin comenzó a bajar, a perder fuerza y él apareció, quietecito, y la ola lo traía suavecito, forrado de yuyos, cuánto aguantó sin respirar, qué pulmones, y lo varaba en la arena, qué bárbaro : nos había tenido con la lengua afuera, Lalo, no era para menos, claro. Así fue como recomenzó.

A mediados de ese año, poco después de Fiestas Patrias, Cuéllar entró a trabajar en la fábrica de su viejo : ahora se corregirá, decían, se volverá un muchacho formal. Pero no fue así, al contrario. Salía de la oficina a las seis y a las siete estaba ya en Miraflores y a las siete y media en *El Chasqui*, acodado en el mostrador, tomando (una *Cristal* chica, un capitán) y esperando que llegara algún conocido para jugar cacho. Se anochecía ahí, entre dados, ceniceros repletos de puchos, timberos y botellas de cerveza helada, y remataba las noches viendo un show, en cabarets de mala muerte (el *Nacional*, el *Pingüino*, el *Olímpico*, el *Turbillón*) o, si andaba muca, acabándose de emborrachar en antros de lo peor, donde podía dejar en prenda su pluma Parker, su reloj Omega, su esclava de oro (cantinas de Surquillo[1] o del Porvenir[2]), y algunas mañanas se lo veía rasguñado, un ojo negro, una mano vendada : se perdió, decíamos, y las muchachas pobre su madre y ellos ¿ sabes que ahora se junta con rosquetes, cafiches y pichicateros ? Pero los sábados salía siempre con nosotros.

1. Le quartier de Surquillo est le lieu où se fait le trafic de drogue.
2. El Porvenir est alors le « quartier réservé ».

et s'approcha en grondant comme un avion, vomissant l'écume, alors, vous l'avez vu, il est là ? et se mit enfin à baisser, à perdre de sa force et il apparut, bien tranquillement, et la vague le portait tout doux, couvert de varech, tout ce qu'il est resté sans respirer, quels poumons, et le rejetait sur le sable, il est gonflé : il nous avait tous laissés bouche bée, Lalo, il y avait de quoi, c'est sûr. C'est ainsi qu'il recommença.

Au milieu de l'année, peu après la Fête nationale, Cuéllar entra travailler à l'usine de son vieux : maintenant il va se corriger, disaient-ils, il va devenir un garçon sérieux. Mais il n'en fut rien, au contraire. Il sortait du bureau à six heures et à sept il était déjà à Miraflores, à sept heures et demie au *Chasqui*, accoudé au bar, buvant (une petite « Cristal », un perroquet) et attendant l'arrivée de quelque connaissance pour jouer aux dés. Il passait là toute la soirée, entre les dés, les cendriers débordants de mégots, les flambeurs et les bouteilles de bière glacée, et il finissait la soirée en voyant un show dans des cabarets mal famés (le *Nacional*, le *Pingüino*, l'*Olímpico*, le *Turbillón*) ou, s'il était fauché, il finissait de se saouler dans les pires troquets où il pouvait laisser en gage son stylo Parker, sa montre Oméga, sa gourmette en or (tavernes de Surquillo et d'El Porvenir), et certains matins on le voyait tout égratigné, un œil au beurre noir, une main bandée : il est fichu, disions-nous, et les filles pauvre de sa mère et eux sais-tu qu'il fréquente maintenant des pédés, des macs, des dealers ? Mais le samedi il sortait toujours avec nous.

Pasaba a buscarlos después de almuerzo y, si no íbamos al Hipódromo o al Estadio, se encerraban donde Chingolo o Mañuco a jugar póquer hasta que oscurecía. Entonces volvíamos a nuestras casas y se duchaban y acicalábamos y Cuéllar los recogía en el poderoso Nash que su viejo le cedió al cumplir la mayoría de edad, muchacho, ya tenía veintiún años, ya puedes votar y su vieja, corazón, no corras mucho que un día se iba a matar. Mientras nos entonábamos en el chino de la esquina con un trago corto, ¿irían al chifa?, discutíamos, ¿a la calle Capón [1]?, y contaban chistes, ¿a comer anticuchos Bajo el Puente?, Pichulita era un campeón, ¿a la Pizzería?, saben esa de y qué le dijo la ranita y la del general y si Toñito Mella se cortaba cuando se afeitaba ¿qué pasaba? se capaba, ja ja, el pobre era tan huevón.

Después de comer, ya picaditos con los chistes, íbamos a recorrer bulines, las cervezas, de la Victoria, la conversación, de Prolongación Huánuco, el sillau y el ají, o de la Avenida Argentina, o hacían una pascanita en el *Embassy* o en el *Ambassador* para ver el primer show desde el bar y terminábamos generalmente en la Avenida Grau, donde Nanette. Ya llegaron los miraflorinos, porque ahí los conocían, hola Pichulita, por sus nombres y por sus apodos, ¿cómo estás? y las polillas se morían y ellos de risa : estaba bien. Cuéllar se calentaba y a veces las reñía y se iba dando un portazo, no vuelvo más, pero otras se reía y les seguía la cuerda y esperaba, bailando,

1. La calle Capón, près du Marché Central, constitue le cœur du « quartier chinois » de Lima.

Il passait les chercher après déjeuner et, si nous n'allions pas à l'hippodrome ou au stade, ils s'enfermaient chez Ouistiti ou Marlou et jouaient au poker jusqu'au soir. Nous revenions alors chez nous, ils se douchaient, nous nous pomponnions et Cuéllar venait les prendre avec sa puissante Nash que son vieux lui avait cédée à sa majorité, mon gars, il avait maintenant vingt et un ans, tu peux voter maintenant et sa vieille, mon cœur, ne conduis pas trop vite car il allait finir par se tuer. Tandis que nous nous remontions chez le Chinois du coin en sirotant un petit verre, iraient-ils au resto chinetoc? nous discutions, rue Capón? et ils racontaient des blagues, manger des brochettes à Bajo el Puente? Petit-Zizi était un champion, à la Pizzeria? vous connaissez celle de et qu'est-ce qu'elle lui a dit la petite grenouille et celle du général et quand Toñito Mella se coupait en se rasant qu'est-ce qui arrivait? il se châtrait, ah, ah, le pauvre il était si couillon.

Après manger, bien éméchés par les blagues, nous faisions la tournée des bordels, les bières, de la Victoria, la conversation, de la rue Huánuco, le soja et les piments, ou de l'avenue Argentina, ou ils faisaient une petite halte à l'*Embassy*, ou à l'*Ambassador* pour voir le premier show depuis le bar et nous finissions généralement à l'avenue Grau, chez Nanette. Voilà les gars de Miraflores, parce qu'on les connaissait bien, salut Petit-Zizi, par leurs noms et leurs surnoms, comment vas-tu? et les poulettes mouraient et eux de rire : il allait bien. Cuéllar s'échauffait et parfois se fâchait, s'en allait en claquant la porte, je ne remets plus les pieds ici, mais d'autres fois il riait, suivait le mouvement et attendait, en dansant,

o sentado junto al tocadiscos con una cerveza en la mano, o conversando con Nanette, que ellos escogieran su polilla, subiéramos y bajaran : qué rapidito, Chingolo, les decía, ¿cómo te fue? o cuánto te demoraste, Mañuco, o te estuve viendo por el ojo de la cerradura, Choto, tienes pelos en el poto, Lalo. Y uno de esos sábados, cuando ellos volvieron al salón, Cuéllar no estaba y Nanette de repente se paró, pagó su cerveza y salió, ni se despidió. Salimos a la Avenida Grau y ahí lo encontraron, acurrucado contra el volante del Nash, temblando, hermano, que te pasó, y Lalo : estaba llorando. ¿Se sentía mal, mi viejo?, le decían, ¿alguien se burló de ti?, y Choto ¿quién te insultó?, quién, entrarían y le pegaríamos y Chingolo ¿las polillas lo habían estado fundiendo? y Mañuco ¿no iba a llorar por una tontería así, no? Que no les hiciera caso, Pichulita, anda, no llores, y él abrazaba el volante, suspiraba y con la cabeza y la voz rota no, sollozaba, no, no lo habían estado fundiendo, y se secaba los ojos con su pañuelo, nadie se había burlado, quién se iba a atrever. Y ellos cálmate, hombre, hermano, entonces por qué, ¿mucho trago?, no, ¿estaba enfermo?, no, nada, se sentía bien, lo palmeábamos, hombre, viejo, hermano, lo alentaban, Pichulita. Que se serenara, que se riera, que arrancara el potente Nash, vamos por ahí. Se tomarían la del estribo en *El Turbillón*, llegaremos justo al segundo show, Pichulita, que andara y que no llorara. Cuéllar se calmó por fin, partió y en la Avenida 28 de Julio ya estaba riéndose, viejo, y de repente un puchero, sincérate con nosotros,

ou assis près du tourne-disque une bière à la main, ou bavardait avec Nanette, qu'ils choisissent leurs poulettes, que nous montions et qu'ils redescendent : ce que t'es rapide, Ouistiti, leur disait-il, t'as bien tiré ? ou ce que t'as tardé, Marlou, ou je t'ai vu par le trou de la serrure, Fufu, tu as du poil au cul, Lalo. Et un de ces samedis, quand ils revinrent au salon, Cuéllar n'y était pas et Nanette soudain il s'est levé, il a payé sa bière et est parti, n'a même pas dit au revoir. Nous sommes sortis et ils l'ont rencontré avenue Grau, blotti contre le volant de sa Nash, tout tremblant, frérot, qu'est-ce que tu as eu, et Lalo : il pleurait. Il se sentait mal, mon vieux ? lui disaient-ils, quelqu'un s'est-il moqué de toi ? et Fufu qui t'a insulté ? qui, ils retourneraient et nous lui cognerions dessus et Ouistiti les poulettes l'avaient-elles enquiquiné ? et Marlou il n'allait pas pleurer pour une bêtise comme ça, non ? Qu'il n'en fasse pas cas, Petit-Zizi, allez, ne pleure pas, et il embrassait le volant, soupirait et de la tête, de la voix brisée non, il sanglotait, non, elles ne l'avaient pas enquiquiné, et il essuyait ses yeux dans son mouchoir, personne ne s'était moqué, qui aurait eu cette audace. Et eux calme-toi, vieux, frérot, alors pourquoi, un coup de trop ? non, était-il malade ? non, rien, il se sentait bien, nous lui tapions sur l'épaule, vieux, gars, frérot, il lui remontait le moral, Petit-Zizi. Qu'il se remette, qu'il rie, qu'il mette en marche sa puissante Nash, allons-nous-en. Ils prendraient le coup de l'étrier au *Turbillón*, nous arriverons juste pour le second show, Petit-Zizi, qu'il démarre et ne pleure pas. Cuéllar se calma enfin, partit et avenue du 28-Juillet il riait déjà, vieux, et soudain la lèvre lourde, sois franc avec nous,

qué había pasado, y él nada, caray, se había entriste-
cido un poco nada más, y ellos por qué si la vida era de
mamey, compadre, y él de un montón de cosas, y
Mañuco de qué por ejemplo, y él de que los hombres
ofendieran tanto a Dios por ejemplo, y Lalo ¿ de que
qué dices ?, y Choto ¿ quería decir de que pecaran
tanto ?, y él sí, por ejemplo, ¿ qué pelotas, no ?, sí, y
también de lo que la vida era tan aguada. Y Chingolo
qué iba a ser aguada, hombre, era de mamey, y él
porque uno se pasaba el tiempo trabajando, o chupando, o jaraneando, todos los días lo mismo y de
repente envejecía y se moría ¿ qué cojudo, no ?, sí.
¿ Eso había estado pensando donde Nanette ?, ¿ eso
delante de las polillas ?, sí, ¿ de eso había llorado ?, sí, y
también de pena por la gente pobre, por los ciegos, los
cojos, por esos mendigos que iban pidiendo limosna en
el jirón [1] de la Unión, y por los canillitas que iban
vendiendo *La Crónica* ¿ qué tonto, no ? y por esos
cholitos que te lustran los zapatos en la Plaza San
Martín ¿ qué bobo, no ?, y nosotros claro, qué tonto,
¿ pero ya se le había pasado, no ?, claro, ¿ se había
olvidado ?, por supuesto, a ver una risita para creerte,
ja ja. Corre Pichulita, pícala, el fierro a fondo, qué hora
era, a qué hora empezaba el show, quién sabía, ¿ estaría
siempre esa mulata cubana ?, ¿ cómo se llamaba ?, Ana,
¿ qué le decían ?, la Caimana, a ver, Pichulita, demués-
tranos que se te pasó, otra risita : ja ja.

1. On appelle à Lima « jirón » un type d'artère qui, à chaque
« cuadra » — ou pâté de maisons — porte un nom de rue différent.

qu'est-ce qu'il y a eu, et lui rien, bon Dieu, il avait eu un petit coup de cafard rien de plus, et eux pourquoi la vie n'était-elle pas du tonnerre, mon pote, et lui pour un tas de choses, et Marlou quoi par exemple, et lui que les hommes offensent à ce point Dieu par exemple, et Lalo quoi qu'est-ce que tu dis ? et Fufu il voulait dire qu'ils péchaient beaucoup ? et lui oui, par exemple, c'est couillon, non ? oui, et aussi parce que la vie était si lamentable. Et Ouistiti comment ça lamentable, mais non, elle était formidable, et lui parce qu'on passait son temps à travailler, ou à picoler, ou à faire la bringue, tous les jours pareil et soudain on vieillissait et on mourait, c'est con, non ? oui. C'est ça qu'il avait pensé chez Nanette ? ça devant les poulettes ? oui, pour ça qu'il avait pleuré ? oui, et aussi de chagrin pour les gens pauvres, pour les aveugles, les boiteux, pour ces mendiants qui demandaient l'aumône rue de l'Unión, et pour les va-nu-pieds qui vendaient *La Crónica,* c'est bête, non ? et pour ces petits métis qui te cirent les souliers place San Martín c'est idiot, non ? et nous bien sûr, c'est bête, mais maintenant ça lui avait passé, non ? bien sûr, il avait oublié ? naturellement, allons fais risette pour qu'on te croie, ah ah. Accélère Petit-Zizi, vas-y, appuie à fond, quelle heure était-il, à quelle heure commençait le show, qui le savait, est-ce qu'il y avait toujours cette mulâtresse cubaine ? comment s'appelait-elle ? Ana, comment l'appelait-on ? La Caïmane, allons, Petit-Zizi, montre-nous que ça t'a passé, ris encore : ah ah.

# VI

Cuando Lalo se casó con Chabuca, el mismo año que Mañuco y Chingolo se recibían de Ingenieros, Cuéllar ya había tenido varios accidentes y su Volvo andaba siempre abollado, despintado, las lunas rajadas. Te matarás, corazón, no hagas locuras y su viejo era el colmo, muchacho, hasta cuándo no iba a cambiar, otra palomillada y no le daría ni un centavo más, que recapacitara y se enmendara, si no por ti por su madre, se lo decía por su bien. Y nosotros : ya estás grande para juntarte con mocosos, Pichulita. Porque le había dado por ahí. Las noches se las pasaba siempre timbeando con los noctámbulos de *El Chasqui* o del *D'Onofrio*, o conversando y chupando con los bola de oro, los mafiosos del *Haití* (¿a qué hora trabaja, decíamos, o será cuento que trabaja?), pero en el día vagabundeaba de un barrio de Miraflores a otro y se lo veía en las esquinas, vestido como James Dean (blue jeans ajustados, camisita de colores abierta desde el pescuezo hasta el ombligo, en el pecho una cadenita de oro bailando y enredándose entre los vellitos, mocasines blancos), jugando trompo con los cocacolas, pateando pelota en un garaje,

# VI

Quand Lalo se maria avec Chabuca, l'année même
où Marlou et Ouistiti furent reçus ingénieurs, Cuéllar
avait déjà eu plusieurs accidents et sa Volvo était
toujours cabossée, écaillée, les vitres écrabouillées. Tu
vas te tuer, mon cœur, ne fais pas de folies et son vieux
ce n'était plus possible, mon gars, jusqu'à quand
allait-il être comme ça, une autre frasque et il ne lui
donnerait plus rien pas même un centavo, qu'il
réfléchisse bien et se corrige, sinon pour moi pour ta
mère, il le lui disait pour son bien. Et nous : tu es trop
grand pour fréquenter des mouflets, Petit-Zizi. Car il
en était arrivé là. Il passait ses nuits à flamber avec les
habitués du *Chasqui* ou du *D'Onofrio,* ou à bavarder et
picoler avec les blondinets, les maffiosi du *Haití* (à
quelle heure travaille-t-il, disions-nous, ou alors c'est
des salades qu'il travaille ?), mais le jour il vagabon-
dait d'un bout de Miraflores à l'autre et on le voyait à
l'angle des rues, habillé à la James Dean (blue-jeans
étroits, chemisette bariolée ouverte du cou au nombril,
sur la poitrine une chaînette en or dansait et se prenait
aux poils follets, des mocassins blancs), jouant à la
toupie avec les Coca-Cola, au ballon dans un garage,

111

tocando rondín. Su carro andaba siempre repleto de rocanroleros de trece, catorce, quince años y, los domingos, se aparecía en el *Waikiki* (hazme socio, papá, la tabla hawaiana era el mejor deporte para no engordar y él también podría ir, cuando hiciera sol, a almorzar con la vieja, junto al mar) con pandillas de criaturas, mírenlo, mírenlo, ahí está, qué ricura, y qué bien acompañado se venía, qué frescura : uno por uno los subía a su tabla hawaiana y se metía con ellos más allá de la reventazón. Les enseñaba a manejar el Volvo, se lucía ante ellos dando curvas en dos ruedas en el Malecón y los llevaba al Estadio, al cachascán, a los toros, a las carreras, al bowling, al box. Ya está, decíamos, era fatal : maricón. Y también : qué le quedaba, se comprendía, se le disculpaba pero, hermano, resulta cada día más difícil juntarse con él, en la calle lo miraban, lo silbaban y lo señalaban, y Choto a ti te importa mucho el qué dirán, y Mañuco lo rajaban y Lalo si nos ven mucho con él y Chingolo te confundirán.

Se dedicó un tiempo al deporte y ellos lo hace más que nada para figurar : Pichulita Cuéllar, corredor de autos como antes de olas. Participó en el Circuito de Atocongo y llegó tercero. Salió fotografiado en *La Crónica* y en *El Comercio* felicitando al ganador, Arnaldo Alvarado[1] era el mejor, dijo Cuéllar, el pundonoroso perdedor. Pero se hizo más famoso todavía un poco después, apostando una carrera al amanecer, desde la Plaza San Martín hasta el Parque Salazar, con Quique Ganoza, éste por la buena pista, Pichulita contra el tráfico.

1. Champion automobile du début des années 1950.

jouant de l'harmonica. Sa bagnole était toujours pleine de voyous de treize, quatorze, quinze ans et, le dimanche, il débarquait au *Waikiki* (prends-moi une carte d'adhérent, papa, le surf était le meilleur sport pour ne pas grossir et lui aussi il pourrait y aller, quand il y aurait du soleil, déjeuner avec sa vieille, au bord de l'eau) avec des bandes de jeunes, regardez-le, regardez-le, le voilà, c'est du propre, et ce qu'il était bien accompagné, c'est du joli : un à un il les montait sur sa planche hawaïenne et allait avec eux au-delà d'où les vagues se brisaient. Il leur apprenait à conduire sa Volvo, faisait le malin devant eux en prenant des virages sur deux roues, sur le Front de mer et les conduisait au Stade, au catch, à la corrida, aux courses, au Bowling, à la boxe. Ça y est, disions-nous, c'était fatal : pédé. Et aussi : qu'est-ce qu'il lui restait, ça se comprend, on l'excusait mais, mon vieux, c'est chaque jour plus difficile de se joindre à lui, dans la rue on le regardait, on le sifflait, on le montrait du doigt et Fufu tu fais trop attention au qu'en-dira-t-on, et Marlou on jasait et Lalo si on nous voit trop avec lui et Ouistiti on te confondra avec.

Il s'adonna un temps au sport et eux c'est rien que du chiqué : Petit-Zizi Cuéllar, coureur automobile comme autrefois il courait les vagues. Il prit part au circuit d'Atocongo et arriva troisième. On le vit photographié dans *La Crónica* et *El Comercio* félicitant le vainqueur, Arnaldo Alvarado était le meilleur, dit Cuéllar, l'honorable perdant. Mais il devint encore plus célèbre un peu plus tard, pariant de faire la course à l'aube, depuis la place San Martín jusqu'au parc Salazar, avec Kiki Ganoza, celui-ci sur la bonne route, Petit-Zizi en sens interdit.

Los patrulleros lo persiguieron desde Javier Prado, sólo lo alcanzaron en Dos de Mayo, cómo correría. Estuvo un día en la Comisaría y ¿ya está?, decíamos, ¿con este escándalo escarmentará y se corregirá? Pero a las pocas semanas tuvo su primer accidente grave, haciendo el paso de la muerte — las manos amarradas al volante, los ojos vendados — en la Avenida Anga- mos. Y el segundo, tres meses después, la noche que le dábamos la despedida de soltero a Lalo. Basta, déjate de niñerías, decía Chingolo, para de una vez que ellos estaban grandes para estas bromitas y queríamos bajarnos. Pero él ni de a juego, qué teníamos, ¿descon- fianza en el trome?, ¿tremendos vejetes y con tanto miedo?, no se vayan a hacer pis, ¿dónde había una esquina con agua para dar una curvita resbalando? Estaba desatado y no podían convencerlo, Cuéllar, viejo, ya estaba bien, déjanos en nuestras casas, y Lalo mañana se iba a casar, no quería romperse el alma la víspera, no seas inconsciente, que no se subiera a las veredas, no cruces con la luz roja a esta velocidad, que no fregara. Chocó contra un taxi en Alcanfores y Lalo no se hizo nada, pero Mañuco y Choto se hincharon la cara y él se rompió tres costillas. Nos peleamos y un tiempo después los llamó por teléfono y nos amistamos y fueron a comer juntos pero esta vez algo se había fregado entre ellos y él y nunca más fue como antes.

Desde entonces nos veíamos poco y cuando Mañuco se casó le envió parte de matrimonio sin invitación,

Les motards le prirent en chasse depuis Javier Prado et ne l'arrêtèrent qu'à Dos de Mayo, tant il allait vite. Il resta un jour au Commissariat et, ça y est? disions-nous, ça va lui servir de leçon et il va se corriger? Mais quelques semaines après il eut son premier accident grave en exécutant le numéro de la mort — les mains liées au volant, les yeux bandés — sur l'avenue Angamos. Et le second, trois mois plus tard, la nuit où nous enterrions la vie de garçon de Lalo. Ça suffit, ne fais plus l'enfant, disait Ouistiti, renonce une bonne fois car ils étaient trop grands pour ce genre de blague et nous voulions descendre. Mais lui pas pour de rire, qu'avions-nous, manque de confiance dans le crack? espèces de croulants vous avez si peur? n'allez pas vous pisser dessus, où y avait-il un angle de rue avec une flaque d'eau pour prendre un virage en dérapant? Il était déchaîné et ils ne pouvaient le raisonner. Cuéllar, vieux, ça suffit comme ça, laisse-nous chez nous, et Lalo demain il allait se marier, il ne voulait pas se rompre le cou la veille, ne sois pas inconscient, qu'il ne grimpe pas sur les trottoirs, ne passe pas au rouge à cette vitesse, qu'il ne fasse pas chier. Il tamponna un taxi à Alcanfores et Lalo n'eut rien, mais Marlou et Fufu eurent le visage enflé et il se fractura trois côtes. Nous nous disputâmes et après un bout de temps il les appela au téléphone et nous fîmes la paix, ils allèrent manger ensemble mais cette fois quelque chose s'était brisé entre eux et lui et ce ne fut plus jamais comme avant.

Depuis lors nous nous voyions peu et quand Marlou se maria il lui envoya un faire-part sans invitation,

y él no fue a la despedida y cuando Chingolo regresó de Estados Unidos casado con una gringa bonita y con dos hijos que apenitas chapurreaban español, Cuéllar ya se había ido a la montaña, a Tingo María, a sembrar café, decían, y cuando venía a Lima y los encontraban en la calle, apenas nos saludábamos, qué hay cholo, cómo estás Pichulita, qué te cuentas viejo, ahí vamos, chau, y ya había vuelto a Miraflores, más loco que nunca, y ya se había matado, yendo al Norte, ¿cómo?, en un choque, ¿dónde?, en las traicioneras curvas de Pasamayo[1], pobre, decíamos en el entierro, cuánto sufrió, qué vida tuvo, pero este final es un hecho que se lo buscó.

Eran hombres hechos y derechos ya y teníamos todos mujer, carro, hijos que estudiaban en el Champagnat, la Inmaculada o el Santa María, y se estaban construyendo una casita para el verano en Ancón[2], Santa Rosa[3] o las playas del Sur, y comenzábamos a engordar y a tener canas, barriguitas, cuerpos blandos, a usar anteojos para leer, a sentir malestares después de comer y de beber y aparecían ya en sus pieles algunas pequitas, ciertas arruguitas.

1. C'est là que Mario Vargas Llosa, jeune journaliste à *La Crónica*, a eu un accident de voiture en 1952.
2. Plage chic, au nord de Lima.
3. Plage à côté d'Ancón.

et il n'assista pas à l'enterrement de sa vie de garçon et quand Ouistiti revint des États-Unis marié à une mignonne Yankee, avec deux gosses qui baragouinaient à peine l'espagnol, Cuéllar était déjà parti à la montagne, à Tingo María, pour planter du café, disaient-ils, et quand il venait à Lima et ils le rencontraient dans la rue, c'est à peine si nous nous disions bonjour, salut vieux, comment vas-tu Petit-Zizi, qu'est-ce que tu racontes mon pote, ça va à peu près, tchao, et il avait déjà tourné à Miraflores, plus fou que jamais, et s'était tué maintenant, en allant vers le Nord, comment? dans une collision, où? dans les tournants traîtres de Pasamayo, le pauvre, disions-nous à son enterrement, ce qu'il a souffert, quelle vie il a eue, mais cette fin c'est un fait qu'il l'a bien cherchée.

C'étaient des hommes mûrs maintenant et nous avions tous femme, bagnole et enfants qui étudiaient au Champagnat, à l'Immaculée ou au Santa María, et ils se faisaient construire une résidence secondaire à Ancón, Santa Rosa ou sur les plages du Sud, et nous commencions à grossir et à avoir des cheveux blancs, avec de la bedaine, des chairs molles, à porter des lunettes pour lire, à sentir des lourdeurs d'estomac après avoir mangé et bu et sur leur peau apparaissaient déjà quelques taches de rousseur, certaines petites rides.

1936 Jorge Mario Pedro Vargas Llosa naît le 28 mars à
Arequipa, deuxième ville du Pérou. Fils unique d'Ernesto
et Dora, qui se sont séparés peu avant sa naissance. Le
père, employé dans une compagnie d'aviation, est resté à
Lima ; la mère est retournée chez ses parents. En 1937, sa
mère l'emmène à Cochabamba (Bolivie) où le grand-père
est envoyé comme consul. L'enfant y demeure jusqu'en
1945. Son ambition est alors de devenir trapéziste ou
torero.

1945 La famille s'installe à Piura pour un an. Il va au collège
des Salésiens. Il commence à écrire. Ses parents se
réconcilient et le ramènent à Lima où il fréquente, de 1947
à 1949, le collège La Salle, dans le quartier de Breña.

1950 Il tente vainement l'examen d'entrée à l'École navale,
car il n'a pas l'âge requis. Il entre alors au collège militaire
Leoncio Prado, attiré peut-être par la carrière des armes.
Dans ce lieu d'éducation et de correction des enfants
difficiles ou trop gâtés où il reste deux années, il découvre
la violence et le mal, et puise dans ce dur apprentissage de
la vie l'essentiel de son inspiration initiale.

1952  Il quitte le Leoncio Prado pour devenir journaliste au quotidien de Lima *La Crónica,* où il fait les « chiens écrasés ». A la fin de l'année il retourne à Piura finir ses études secondaires. Il publie quelques poèmes, écrit et fait représenter une pièce de théâtre, *La huida del Inca.*

1954  Il s'inscrit à l'université San Marcos de Lima pour étudier le Droit, tout en s'intéressant, de préférence, aux Lettres. Il assure son indépendance financière grâce à de petits emplois.

1955  Il épouse Julia Urquidi, une Bolivienne de sa famille : elle est la sœur de la femme de son oncle maternel, donc presque sa tante. Ce mariage provoque un scandale familial. Durant deux ans, il travaille durement pour gagner le pain du ménage et collabore assidûment à diverses publications, dont le supplément dominical de *El Comercio* où il publie « El abuelo », une nouvelle qui prendra place dans son premier livre, *Los jefes.* Il édite, en collaboration, les revues *Cuadernos de Composición* (1956-1957) et *Literatura* (1958-1959).

1958  Il remporte le premier prix au concours de nouvelles organisé par la luxueuse *Revue Française,* avec le récit « El desafío » (qui sera reproduit dans *Los jefes* sous le titre « Arreglo de cuentas »). Le prix consiste en un séjour d'un mois à Paris. Puis il obtient une bourse d'études pour l'université de Madrid où il réside une année. Il y prépare une thèse de doctorat qu'il ne soutient d'ailleurs pas, et boucle ses fins de mois en dansant dans le groupe folklorique « Danzas incaicas ».

1959  Il remporte le prix de nouvelles Leopoldo Alas avec *Los jefes,* qui est publié à Barcelone. Il s'installe à Paris dans une mansarde du Wetter Hôtel. Plus tard il occupera un petit appartement rue de Tournon. Il gagne sa vie en travaillant à l'école Berlitz, à l'agence France-Presse et à l'O.R.T.F. où il est amené à interviewer et connaître les plus grands écrivains latino-américains : Asturias, Borges, Carpentier, Cortázar et Fuentes. Il travaille alors à un gros manuscrit rédigé durant son année madrilène, tout en complétant ses lectures juvéniles de Dumas par celles, déterminantes, de Sartre et de Flaubert.

1962 Bref voyage au Pérou avec le manuscrit de *Los impostores*, refusé alors par un éditeur argentin. De retour en Europe, il fait la connaissance de l'éditeur Carlos Barral qui, enthousiaste, le pousse à se présenter au prix du roman Biblioteca Breve. Le manuscrit, qui s'intitule alors *La morada del héroe*, est couronné à l'unanimité. Le roman est publié en 1963 sous le titre *La ciudad y los perros* et connaît un succès immédiat. Présenté au prix Formentor, il est devancé par *Le long voyage,* de Semprun, mais reçoit le prix de la Crítica Española 1963. Publié au Pérou, le livre a les honneurs d'un grand autodafé dans la cour du collège Leoncio Prado où flambent quelques milliers d'exemplaires. L'auteur partage son temps entre Paris et Barcelone où il devient membre permanent du prix Biblioteca Breve.

1964 Voyage au Pérou et reconnaissance du cadre de son deuxième roman. Il divorce de Julia et se remarie, l'année suivante, avec sa cousine germaine Patricia Llosa. En 1965 il se rend à La Havane et fait partie du jury des prix Casa de las Américas (ainsi qu'en 1966 et 1967) ; il apporte un soutien critique à la révolution cubaine ; il appartient au comité de rédaction de la revue *Casa de las Américas* de 1965 à 1971.

1966 Il se rend à New York, invité au congrès mondial du Pen Club. En mars paraît *La casa verde* et naît aussi son premier enfant, Alvaro. A la fin de l'année la famille quitte

Paris pour s'installer à Londres où il enseigne au Queen Mary College. Durant toutes ces années-là, il collabore régulièrement aux revues *Casa de las Américas* (La Havane), *Primera Plana* (Buenos Aires), *Marcha* (Montevideo), *Expreso* et *Caretas* (Lima). Il publie, en 1967, *Los cachorros*. A Caracas, il reçoit le prix Rómulo Gallegos — le plus important du monde hispanique — des mains du grand écrivain vénézuélien. C'est l'apothéose d'un prodigieux romancier de trente et un ans. Naissance de son second fils Gonzalo.

1968 Il est invité comme écrivain-résident par la Washington State University. Puis il enseigne quelques mois à l'université de Porto Rico. A son retour à Londres, il est nommé professeur au King's College. Il publie son roman sur la dictature du général Odría, *Conversación en La Catedral*.

1970 Il s'en va vivre à Barcelone où il demeure quatre ans. Il publie en 1971 le monumental essai *García Márquez : historia de un deicidio*, ainsi que ses réflexions sur *La casa verde : la historia secreta de una novela*. Il écrit des prologues pour l'édition espagnole des œuvres de Bataille, de Martorell *(Tirante el Blanco)* et Arguedas *(El sexto)*. En 1973 il publie *Pantaleón y las visitadoras*. Il tâte également du cinéma en rédigeant le scénario de ce roman, qu'il finira par filmer lui-même en collaboration avec José María Gutiérrez, en 1976. Il propose également, avec la collaboration du cinéaste brésilien Ruy Guerra, une adaptation du roman d'Euclides da Cunha, *Os sertões*, sous le titre *La guerra particular*. Ce dernier projet n'aboutira pas.

1974 Naissance de sa fille Morgana. Il retourne vivre à Lima. Il collabore alors aux revues *Caretas* (Lima), *Vuelta* (Mexico), *Papel Literario* et *El Nacional* (Caracas), *Cambio 16* (Madrid). En 1975 il publie son essai sur Flaubert, *La*

122

*orgía perpetua.* En 1976 il est nommé président du Pen Club International pour trois ans. Invité par l'université de Jérusalem en 1976, il passe plusieurs mois en Israël.

1977 Il publie *La tía Julia y el escribidor.* Il devient membre de l'Academia Peruana de la Lengua. Il est nommé titulaire de la chaire Simón Bolívar à l'université de Cambridge, qu'il occupe jusqu'en mai 1978. En 1979 il se rend dans le Nord-Est brésilien et rassemble les derniers éléments nécessaires à la composition du roman qu'il consacre à la révolte de Canudos, *La guerra del fin del mundo,* qu'il publie en 1981. En 1981 est représentée à Buenos Aires sa pièce de théâtre *La señorita de Tacna.*

1982 Il écrit la préface à l'édition espagnole des *Misérables,* de Victor Hugo. Puis l'année suivante paraît sa pièce *Kathie y el hipopótamo.* En 1983, il préside, avec bien des déboires (il est incarcéré une journée), la commission chargée par le gouvernement d'enquêter sur l'assassinat de journalistes partis réaliser un reportage sur le mouvement terroriste le Sentier Lumineux. En 1984, il publie *Historia de Mayta* qui présente sa vision critique des groupuscules révolutionnaires.

1985 Alán García, candidat de l'APRA (gauche modérée), est élu président du Pérou, mais le pays s'enfonce dans la crise. Publication en 1986 de *¿ Quién mató a Palomino Molero ?* et de la pièce *La Chunga.* La nationalisation des banques par le gouvernement amène Vargas Llosa à créer, en protestation, le mouvement *Libertad* et à s'engager de plus en plus dans le combat politique.

1987 Il publie *El hablador,* et l'année suivante un roman érotique, *Elogio de la madrastra.* En même temps il fait campagne pour les présidentielles comme candidat officiel du Fredemo, mais en 1990 il est battu aux élections. Vargas Llosa revient à la littérature et publie *La verdad de las mentiras,* une défense et illustration du roman comme expression de la vérité.

1966 *La ville et les chiens,* trad. Bernard Lesfargues, Paris, Éd. Gallimard.
1981, trad. revue Bernard Lesfargues, préface Albert Bensoussan.

1969 *La Maison verte,* trad. Bernard Lesfargues, Paris, Éd. Gallimard.

1973 *Conversation à « La Cathédrale »,* trad. Sylvie Léger et Bernard Sesé, Paris, Éd. Gallimard.

1974 *Les chiots. Les caïds,* trad. Albert Bensoussan — *Les chiots* — et Sylvie Léger et Bernard Sesé — *Les caïds* —, Paris, Éd. Gallimard.

1975 *Pantaleón et les visiteuses,* trad. Albert Bensoussan, Paris, Éd. Gallimard.

1978 *L'orgie perpétuelle,* trad. Albert Bensoussan, Paris, Éd. Gallimard.

1979 *La Tante Julia et le scribouillard,* trad. Albert Bensoussan, Paris, Éd. Gallimard. 1985, Folio-Gallimard.

1983 *La Guerre de la Fin du Monde*, trad. Albert Bensoussan, Paris, Éd. Gallimard. 1986, Folio-Gallimard.

1984 *Fernando Botero : la somptueuse abondance*, trad. Albert Bensoussan, Paris, Éd. de la Différence.

1985 *Le Nicaragua à la croisée des chemins*, trad. Françoise Auber et Albert Bensoussan, « Le Débat », n° 37, Paris.

1986 *Histoire de Mayta*, trad. Albert Bensoussan, Paris, Éd. Gallimard.

1986 *La culture de la liberté*, trad. Albert Bensoussan, « Le Débat », n° 42, Paris.

1987 *Amérique latine : la démocratie et le développement*, trad. Albert Bensoussan, « Le Débat », n° 46, Paris.

1987 *Qui a tué Palomino Molero ?*, trad. Albert Bensoussan, Paris, Éd. Gallimard.

1988 *Kathie et l'hippopotame*. La *Chunga*, trad. Albert Bensoussan, Paris, Éd. Gallimard.

1989 *Entre la liberté et la peur*, trad. Albert Bensoussan, « Le Débat », n° 53, Paris.

1989 *L'homme qui parle*, trad. Albert Bensoussan, Paris, Éd. Gallimard.

1989 *Sur la vie et la politique* (entretiens avec Ricardo Setti), traduit du portugais par Jean Demeys, préface d'Albert Bensoussan, postface de Marie-Madeleine Gladieu, Paris, Éd. Belfond.

1989 *Contre vents et marées,* trad. Albert Bensoussan, Paris, Éd. Gallimard.

1990 *Éloge de la marâtre,* trad. Albert Bensoussan, Paris, Éd. Gallimard.

1991 *Actualité de Karl Popper,* trad. Albert Bensoussan, « La Règle du Jeu », Paris, n° 3, janvier 1991.
*La vérité par le mensonge,* trad. Albert Bensoussan, Paris, Éd. Gallimard (à paraître).

# DU MÊME AUTEUR
## DANS LA COLLECTION FOLIO

*Impression Bussière à Saint-Amand (Cher),*
*le 25 septembre 1991.*
*Dépôt légal : septembre 1991.*
*Numéro d'imprimeur : 1560.*
ISBN 2-07-038435-7./Imprimé en France.

53848